村上春樹語辞典を100%楽しむ方法

①独特な「言葉遊び」

村上春樹作品の最大の魅力は「比喩を多用した独特の言い回し」。本書でも頻出する言葉を取り上げている。「何」が書かれているかだけでなく、「どう」書かれているか、を楽しむべし。

②全作品を知る

短編や翻訳作品を含め、全村上作品について解説している。とくに短編はおもしろい作品が多く、長編の原形になった作品もあるので、本書を参考にして読んでみてほしい。

③コラムを楽しむ

用語解説だけでは説明しきれないことをいくつかのコラムにまとめている。村上ワールドを読み解くヒントにしてほしい。

Contents

村上春樹語辞典　もくじ

- 002　はじめに（あるいは、村上春樹という名の「樹」についての考察）
- 004　この本の見方と楽しみ方
- 006　もくじ
- 011　キーワードで読み解く　村上春樹ワールド
- 021　村上春樹クロニクル
- 028　村上春樹作品における　ファンタジーとリアリズムの年表
- 030　村上春樹作品における　長編と短編の相関図

あ行

- 034　アーシュラ・K・ル=グウィン、ICU、愛について語るときに我々の語ること
- 035　アイロンかけ、アイロンのある風景、アオ、青いぶどう、青が消える、青豆
- 036　青山、アカ、赤坂シナモン、赤坂ナツメグ、アキ・カウリスマキ、秋川まりえ
- 037　芥川賞、旭川、あしか、あしか祭り
- 038　芦屋、穴、アフターダーク、雨田具彦
- 039　雨田政彦、雨やどり、阿美寮、雨の日の女♯241・♯242、アメリカン・ニューシネマ
- 040　あらない、ありあわせのスパゲティー、アリス・マンロー、あるいは、あるクリスマス
- 041　アルネ、アルファヴィル、アルファロメオ、アルフレッド・バーンバウム
- 042　安西水丸、アンダーグラウンド、アンデルセン文学賞、and Other Stories—とっておきのアメリカ小説12篇、アントン・チェーホフ
- 043　イエスタデイ、偉大なるデスリフ、1Q84
- 044　一角獣、イデア、井戸
- 045　糸井重里、犬の人生、イマヌエル・カント、今は亡き王女のための、意味がなければスイングはない
- 046　いるかホテル、ウィスキー、ヴィトゲンシュタイン、ウォーク・ドント・ラン
- 047　ウォッカ・トニック、雨月物語、牛河、うずまき猫のみつけかた、内田樹
- 048　雨天炎天、海辺のカフカ、絵、映画
- 049　映画をめぐる冒険、英雄を謳うまい、駅、NHK
- 050　エルヴィス・プレスリー、エルサレム賞、嘔吐1979
- 051　大いなる眠り、おおきなかぶ、むずかしいアボカド　村上ラヂオ2、おおきな木、大島さん、大橋歩
- 052　小澤征爾さんと、音楽について話をする、おじいさんの思い出、おだまき酒の夜、小田原、踊る小人
- 053　音楽、女のいない男たち、オンブレ

か行

- 056　かいつぶり、回転木馬のデッド・ヒート、カーヴァー・カントリー、かえるくん、東京を救う、鏡
- 057　笠原メイ、カズオ・イシグロ、火星の井戸
- 058　風の歌を聴け、カティサーク

059 カート・ヴォネガット、蟹、カーネル・サンダーズ、加納クレタ
060 加納マルタ、彼女の町と、彼女の緬羊、壁と卵、神の子どもたちはみな踊る、神の子どもたちはみな踊る
061 カラス、カラマーゾフの兄弟、河合隼雄、川上未映子
062 カンガルー通信、カンガルー日和、カンガルー日和、消える
063 記憶、キキ、騎士団長殺し
064 キズキ、木野、キャッチャー・イン・ザ・ライ、京都
065 極北、ギリシア、空気さなぎ、偶然の旅人
066 国立、熊を放つ、クミコ、クラシック音楽、クリス・ヴァン・オールズバーグ
067 クリスマスの思い出、クリーニング、車、グレイス・ペイリー
068 グレート・ギャツビー、クロ、群像新人文学賞、月刊「あしか文芸」、結婚式のメンバー
069 月曜日は最悪だとみんなは言うけれど、拳銃、恋しくて、恋するザムザ、高円寺
070 神戸、神戸高等学校
071 甲村記念図書館、氷男、5月の海岸線
072 国分寺、午後の最後の芝生、五反田君、国境の南、太陽の西、コーヒー
073 小径、コミットメント、小指のない女の子、「これだけは、村上さんに言っておこう」と世間の人々が村上春樹にとりあえずぶっつける330の質問に果たして村上さんはちゃんと答えられるのか?
074 村上春樹が翻訳したオールズバーグの絵本

さ行

078 最後の瞬間のすごく大きな変化、サウスベイ・ストラット——ドゥービー・ブラザーズ「サウスベイ・ストラット」のためのBGM、佐伯さん、さきがけ、佐々木マキ
079 ささやかだけれど、役にたつこと、'THE SCRAP'懐かしの一九八〇年代、ザ・スコット・フィッツジェラルド・ブック、Sudden Fiction 超短編小説70、さよなら、愛しい人
080 さよならバードランド あるジャズ・ミュージシャンの回想、サラダ好きのライオン 村上ラヂオ3、猿の檻のある公園、32歳のデイトリッパー
081 サンドウィッチ、死、CD-ROM版村上朝日堂 スメルジャコフ対織田信長家臣団
082 CD-ROM版村上朝日堂 夢のサーフシティー、ジェイ、ジェイズ・バー、ジェイ・ルービン、シェエラザード
083 シェル・シルヴァスタイン、J・D・サリンジャー、4月のある晴れた朝に100パーセントの女の子に出会うことについて
084 鹿と神様と聖セシリア、色彩を持たない多崎つくると、彼の巡礼の年、シドニー!
085 シドニーのグリーン・ストリート、品川猿、柴田元幸、渋谷
086 島本さん、ジャガー、ジャズ
087 ジャズ・アネクドーツ、ジャン=リュック・ゴダール、十二滝町、シューベルト
088 小確幸、少年カフカ、職業としての小説家、書斎奇譚
089 ジョージ・オーウェル、ジョニー・ウォーカー、ジョン・アーヴィング、ジョン・コルトレーン
090 シロ、新海誠、神宮球場、新宿、人生のちょっとした煩い
091 心臓を貫かれて、スガシカオ、スコット・フィッツジェラルド
094 スター・ウォーズ、スターバックス コーヒー
095 スタン・ゲッツ、スティーヴン・キング、スニーカー、スパゲティー
096 スパゲティーの年に、スバル、スプートニクの恋人、すみれ
097 世界の終りとハードボイルド・ワンダーランド、世界のすべての七月、セロニアス・モンクのいた風景、1973年のピンボール
098 1963／1982年のイパネマ娘、千駄ヶ谷、象
099 総合小説、象工場のハッピーエンド、喪失

感、象／滝への新しい小径
100 「そうだ、村上さんに聞いてみよう」と世間の人々が村上春樹にとりあえずぶっつける282の大疑問に果たして村上さんはちゃんと答えられるのか?、装丁、象の消滅、象の消滅、その日の後刻に
101 空飛び猫、ゾンビ

た行

106 大聖堂、タイランド、高い窓、DUG、タクシーに乗った男
107 タクシーに乗った吸血鬼、ダーグ・ソールスター、多崎つくる、頼むから静かにしてくれ
108 たばこ、卵を産めない郭公、タマル、田村カフカ、駄目になった王国
109 ダンキンドーナツ、誕生日の子どもたち、ダンス・ダンス・ダンス、チーズ・ケーキのような形をした僕の貧乏
110 チップ・キッド、中国行きのスロウ・ボート、中国行きのスロウ・ボート、中断されたスチーム・アイロンの把手、調教済みのレタス
111 チョコレートと塩せんべい、沈黙、使いみちのない風景、土の中の彼女の小さな犬
112 ディック・ノース、ティファニーで朝食を、ティム・オブライエン、デヴィッド・リンチ、デューク・エリントン
113 デレク・ハートフィールド、TVピープル、TVピープル、天吾、東京奇譚集
114 東京するめクラブ 地球のはぐれ方、東京ヤクルトスワローズ、動物、遠い太鼓、独立器官
115 どこであれそれが見つかりそうな場所で、図書館、図書館奇譚
116 ドストエフスキー、ドーナツ、トニー滝谷、トヨタ自動車
117 ドライブ・マイ・カー、トラン・アン・ユン、トルーマン・カポーティ、とんがり焼の盛衰

な行

120 直子、永沢さん、ナカタさん、中頓別町、名古屋、ナット・キング・コール
121 夏目漱石、七番目の男、波の絵、波の話、納屋を焼く
122 25メートル・プール一杯分ばかりのビール、蜷川幸雄、ニュークリア・エイジ、ニューヨーカー、ニューヨーク炭鉱の悲劇、抜ける
123 猫
124 ねじまき鳥クロニクル、ねじまき鳥と火曜日の女たち、鼠、眠い、眠り
125 ねむり、Novel11, Book18、ノーベル文学賞、ノルウェイの森

は行

126 バー、配電盤のお葬式、ハイネケン・ビールの空き缶を踏む象についての短文、はじめての文学 村上春樹
127 走ることについて語るときに僕の語ること、バースデイ・ガール、バースデイ・ストーリーズ、蜂蜜パイ
128 バット・ビューティフル、パティ・スミス、バート・バカラックはお好き?(窓)、ハナレイ・ベイ、バビロンに帰る ザ・スコット・フィッツジェラルド・ブック2
129 ハーフタイム、パラレルワールド、ハルキスト
130 ハルキ島、春の熊、ハワイ
131 ハンティング・ナイフ、パン屋再襲撃、パン屋再襲撃、パン屋襲撃
132 パン屋を襲う、日出る国の工場、BMWの窓ガラスの形をした純粋な意味での消耗についての考察、ビギナーズ、飛行機——あるいは彼はいかにして詩を読むようにひとりごとを言ったか
133 ピーターキャット、ビーチ・ボーイズ、ビッグ・ブラザー、羊
134 羊男、羊男のクリスマス、羊をめぐる冒険、必要になったら電話をかけて
135 人喰い猫、「ひとつ、村上さんでやってみるか」と世間の人々が村上春樹にとりあえずぶっつける490の質問に果たして村上さんはちゃんと答えられるのか?、ビートルズ、日々

移動する腎臓のかたちをした石
136　美深町、100パーセント、比喩、ビール、ピンクの服の女の子
137　ビング・クロスビー、貧乏な叔母さんの話、ファイアズ（炎）、ファミリー・アフェア
140　フィアット600、フィリップ・ガブリエル、フィリップ・マーロウの教える生き方、フィンランド、フォルクスワーゲン
141　ふかえり、ふしぎな図書館、不思議の国のアリス、プジョー 205、双子と沈んだ大陸
142　双子の女の子、二俣尾、冬の夢、フラニーとズーイ、フランツ・カフカ
143　フランツ・カフカ賞、フランツ・リスト、プリンストン大学、プールサイド
144　プレイバック、ふわふわ、文化的雪かき、平均律クラヴィーア曲集
145　平家物語、ペット・サウンズ、ベートーヴェン、辺境・近境
146　辺境・近境 写真篇、僕、ぼくが電話をかけている場所、星野くん、螢
147　螢・納屋を焼く・その他の短編、ホットケーキのコカ・コーラがけ、ポテト・スープが大好きな猫、ポートレイト・イン・ジャズ 1、2、ボブ・ディラン
148　ポルシェ、ポール・セロー
149　ホンダ、本田さん（本田伍長）、本当の戦争の話をしよう、翻訳、翻訳夜話、翻訳夜話2 サリンジャー戦記

ま行

154　マイケル・ギルモア、マイルス・デイヴィス、マイ・ロスト・シティー、牧村拓、マーク・ストランド
155　マクドナルド、マジック・リアリズム
156　マセラティ、マーセル・セロー、またたび浴びたタマ
157　街と、その不確かな壁、マラソン、マルクス兄弟
158　三島由紀夫、水と水とが出会うところ／ウルトラマリン、三つのドイツ幻想、緑、緑色の獣
159　緑川、耳、みみずくは黄昏に飛びたつ 川上未映子訊く 村上春樹語る
160　ミュウ、村上朝日堂、村上朝日堂超短篇小説 夜のくもざる、村上朝日堂の逆襲、村上朝日堂はいかにして鍛えられたか
161　村上朝日堂はいほー！、村上かるた うさぎおいしーフランス人、村上さんのところ、村上主義者、村上ソングス
162　村上春樹、河合隼雄に会いにいく、村上春樹 雑文集、村上春樹とイラストレーター、村上春樹ハイブ・リット、村上春樹 翻訳（ほとんど）全仕事
163　村上ラヂオ、村上龍、めくらやなぎと眠る女、めくらやなぎと眠る女
164　メタファー、メルセデス・ベンツ、免色渉、もし僕らのことばがウィスキーであったなら
165　モーツァルト、物語、森の向う側

や行

168　やがて哀しき外国語、野球場、約束された場所で underground2
169　やみくろ、やれやれ、ユキ、柚、UFOが釧路に降りる
170　ユミヨシさん、夢で会いましょう、夢を見るために毎朝僕は目覚めるのです 村上春樹インタビュー集1997-2009、ユング、予期せぬ電話
171　四谷、ヨハン・セバスチャン・バッハ、夜になると鮭は‥‥

ら行

174　ライ麦畑でつかまえて、ラオスにいったい何があるというんですか？、ラザール・ベルマン、ランゲルハンス島の午後、ランチア・デルタ
175　リズム、リチャード・ブローティガン
176　リトル・シスター、リトル・ピープル、料理、ルイス・キャロル、ルノー
177　ル・マル・デュ・ペイ、レイコさん、レイモンド・

Contents

カーヴァー、レイモンド・カーヴァー傑作選、レイモンド・チャンドラー
178 レオシュ・ヤナーチェク、レキシントンの幽霊、レキシントンの幽霊、レクサス
179 レコード、レーダーホーゼン、ロッシーニ
180 ロビンズ・ネスト、ローマ帝国の崩壊・一八八一年のインディアン蜂起・ヒットラーのポーランド侵入・そして強風世界、ロールキャベツ、ロング・グッドバイ

わ行
181 ワイン、若い読者のための短編小説案内、和敬塾、忘れる
182 早稲田大学、私たちがレイモンド・カーヴァーについて語ること、私たちの隣人、レイモンド・カーヴァー、私、ワタナベトオル、ワタヤノボル
183 和田誠、悪くない、ワールズ・エンド(世界の果て)、我らの時代のフォークロア 高度資本主義前史

186 村上春樹全作品リスト　ジャンル別索引
190 あとがき（あるいは、ありあわせのスパゲティーのような僕のつぶやき）

Column

054 01 村上食堂（いかにして料理は、読者の胃袋や心を満たしているのか？）
076 02 BAR村上へようこそ（言葉を意味で薄めないための「カクテル図鑑」）
092 03 映画化された村上春樹（ささやかだけど映像で翻訳されること）
102 04 装丁をめぐる冒険 世界の村上春樹と翻訳ワンダーランド
118 05 村上動物園（今は亡き「管理された人間という動物」のための）
138 06 意味がなければ「比喩」はない（隠された暗号を読み解くために）
150 07 ハルキストのデッド・ヒート 特別インタビュー「世界はなぜ村上春樹を読むのか？」
166 08 村上春樹図書館（あるいは精神安定剤としての本棚）
172 09 「やれやれ」について語るときに我々の語ること。
184 10 「幻の村上作品」を探して（本屋さんにも図書館にもない村上春樹）

Book in Book

村上春樹おさんぽMAP

キーワードで読み解く村上春樹ワールド

村上ワールドには、謎めいたキーワードが、ロールプレイングゲームのように隠されている。読者は、「繰り返し使われる記号のような言葉」を手がかりに、まるでインディ・ジョーンズが謎の手紙からジャングルに隠されたクリスタルのドクロを発見するように、物語に埋め込まれた「宝物」を見つけ出すのだ。

Keywords

Keyword 1

謎の女

Mysterious Girl

　小指のない女の子、208と209のシャツを着た双子の女の子、耳のきれいな女の子、幼なじみの直子、気まぐれな緑、ツンデレな美少女ユキ、自由奔放な笠原メイ、幽霊のような島本さん、失踪する妻クミコ、暗殺者の青豆、特殊な能力を持つふかえり、無口な13歳の少女、秋川まりえ……。村上作品に繰り返し登場する「謎めいた女性」は、いったい何者なのか？　何かが欠けていたり、特殊な力があったり。まるで醒めない夢の中に住んでいる「幻の少女」のようだ。しかし、物語の中で彼女たちは、いつだって主人公が失ったものを取り戻すための重要な鍵となっている。

Keyword 2

猫化された世界

World Like a Cat

　猫とは「歩く哲学」だ。物語に猫が登場するだけで、何か深い意味を投げかけてくる。村上作品には象徴的な存在として、多くの猫が登場する。『羊をめぐる冒険』のいわし、『海辺のカフカ』のミミやトロ、『ねじまき鳥クロニクル』のサワラ。短編では、ギリシアの町で3匹の猫に食べられてしまった老婦人が出てくる話「人喰い猫」などがある。大の猫好きで何匹もの猫と暮らしてきた村上さんは、「知らん振り、照れ隠し、開き直りは、みんなうちの猫たちから学びました。だいたいこれで人生をしのいでいます。にゃー」と発言。猫は作品だけでなくライフスタイルにまで多大なる影響を与えてきたミューズ（女神）のような存在なのである。もはや村上作品は「猫化された世界」といえるかもしれない。

Keyword **3**

ドーナツの穴

Doughnut Hole

『ドーナツを穴だけ残して食べる方法』という本が話題になったことがあったが、これは極めて村上春樹的なタイトルだ。村上さんがドーナツ好きということもあるが、作品そのものがどこか「ドーナツの穴のような存在」なのだ。超短編「ドーナツ化」は、ドーナツ化してしまった恋人が「人間存在の中心は無なのよ。何もない、ゼロなのよ」と語り、超短編「ドーナツ、再び」では、主人公が「結局、あなたの小説って、良くも悪くもドーナツ的なのよね」と言われている。短編「図書館奇譚」では、図書館に本を借りに来た「僕」が地下室に閉じ込められ、1カ月間、羊男にドーナツを与えられて過ごし、絵本『羊男のクリスマス』では、穴の空いたドーナツを食べて呪いにかかった羊男が、穴のないねじりドーナツを持って秘密の穴に降りていく。結局、いつも読者はドーナツの穴の中にぽつんと取り残されてしまうのだ。

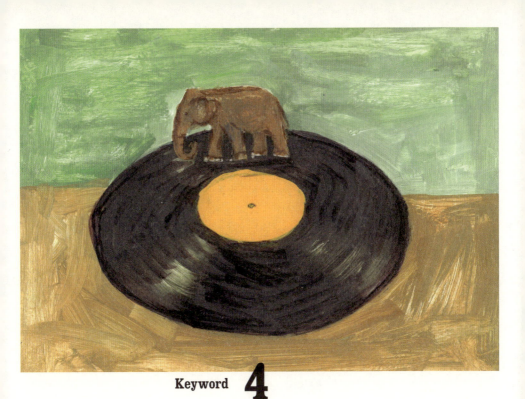

Keyword 4

ジャズと音楽

Jazz and Music

　子どもの頃から音楽にどっぷりつかってきた村上さん。特にジャズは、人生哲学そのものである。ここで言うジャズとは「音楽のジャンル」というよりは、その「即興的な考え方」のこと。大切なのはインプロヴィゼーション（即興演奏）とリズム感覚。まさに村上春樹の文体が、ジャズそのものだと言える。作品でもジャズが象徴的に使われ、『中国行きのスロウ・ボート』の「On a Slow Boat to China（オン・ナ・スロウ・ボート・トゥ・チャイナ）」、『アフターダーク』の「ファイブスポット・アフターダーク」、『国境の南、太陽の西』の「South of the Border（国境の南）」などは、ジャズの名曲が作品のタイトルとなり全体のBGMにもなっている。また、『海辺のカフカ』の「マイ・フェヴァリット・シングズ」、『1Q84』の「イッツ・オンリー・ア・ペーパームーン」なども作品の「裏テーマソング」として機能している。

Keyword **5**

異界への旅

A Journey to the Another World

　村上作品は基本的に、「こちらの世界」に住む主人公が、「あちらの世界」に行って帰ってくる、異界めぐりの物語である。『風の歌を聴け』以降、必ず登場するバーや音楽、お酒などは、ある種の異界へとつながる日常的なアイテムだと言える。さらに、あちら側への入口として、『ダンス・ダンス・ダンス』の「ホテルのエレベーター」、『ねじまき鳥クロニクル』の「井戸」、『海辺のカフカ』の「森」、『1Q84』の「非常階段」などが設定され、どこにでもありそうなところから深い地下世界へと迷い込んでしまう。そして、「地下2階の物語世界」の暗闇をさまようことで、自分の魂の奥へと入り、主人公たちは成長していくのである。

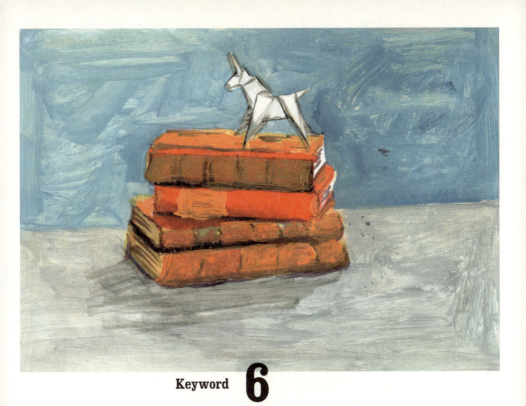

Keyword **6**

アメリカ文学と翻訳

American Literature and Translation

　村上さんは、『風の歌を聴け』でデビューした1979年に雑誌でスコット・フィッツジェラルドの短編「哀しみの孔雀」を翻訳して以来、自分の創作活動と並行しながら多くの翻訳を手がけてきた。『村上春樹 翻訳（ほとんど）全仕事』が刊行された時の講演会では「翻訳は究極の熟読」だと語っている。小説の執筆に比べて「翻訳は趣味」だと言う村上さんは、この翻訳という作業を通じて、世界の文学からエキスを吸収し、創作のエネルギー源としているのである。だから村上作品はアメリカ文学みたいだし、村上さんが翻訳したアメリカ文学も、もはや村上作品みたいに感じられる。しかし、その翻訳を介したコミュニケーションこそが村上文学の神髄であり、魅力のひとつになっている。

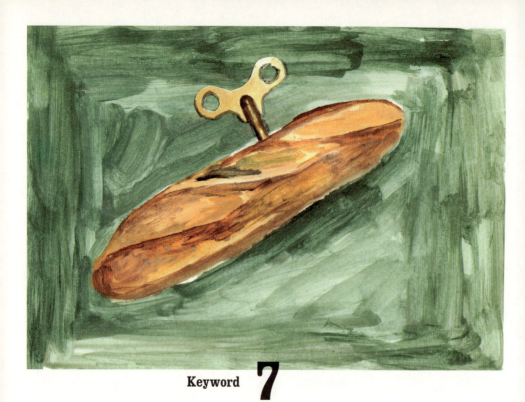

Keyword **7**

日常へのこだわり

Love for Everyday

　洗濯、アイロンかけ、料理、掃除。ごくありふれた日々を丁寧に過ごす村上さんならではのこだわりが、村上作品の「日常」の描写によくあらわれている。登場人物は、まるで『暮しの手帖』のような昔ながらの暮らし系雑誌をすみずみまで読み込んでいる青年のように暮らしているのだ。というのも『村上朝日堂の逆襲』によると、実際に主夫として生活していた時代があり、奥様を仕事に送り出したあとは、掃除、洗濯、買い物、料理をして帰りを待っていたのだとか。当時は『細雪』を1年で3回読むほど時間が余っていたらしく、この時期の経験が作品に大きな影響を与えているのかもしれない。しかし、この日常の退屈さこそが、妄想を飛躍させる原動力となり、その後に起きる「ささやかな事件」とのコントラストを強めてくれるのだろう。

Keyword **8**

都市の孤独

City Solitude

　孤独にもいろいろあるが、村上作品の主人公はたいてい「説明できない積極的孤独」の状態にあることが多い。『ダンス・ダンス・ダンス』に登場する五反田君のような、裕福なのに満たされない「時代が生み出した孤独」。『ノルウェイの森』の直子のような、過去から逃れられない「トラウマ的孤独」。『スプートニクの恋人』の登場人物たちのような、誰とも交わらない「片思いの孤独」。そして、『色彩を持たない多崎つくると、彼の巡礼の年』の多崎つくるや、妻の浮気で離婚する『騎士団長殺し』や短編「木野」の主人公たちのような、「コミュニケーションが断絶された孤独」など。ひとりで都市に暮らす人物たちが味わうさまざまな孤独こそが、読者の村上作品に強く共感する「最大のスパイス」になっている。

Keyword 9

消失する何か

Something to Disappear

　猫が消え、妻が消え、恋人が消え、色も消える。そうやって、マジシャンのようにいろいろなものを次々と消してしまうのが村上作品の基本的な「職人芸」だ。まるで、映画やアニメーションに出てくる古典的な魔法使いのように一瞬で、人間も消してしまう。『ねじまき鳥クロニクル』では猫が失踪した後に妻が消え、『国境の南、太陽の西』では、島本さんが箱根の別荘から消え、『スプートニクの恋人』では、すみれがギリシアの島で煙みたいに消えてしまう。『騎士団長殺し』では、「私」が絵を教える少女、秋川まりえが消える。短編「青が消える（Losing Blue）」では、世界から青い色が消えていく。しかし、喪失と再生をくり返していく中で、主人公の「僕」や「私」は、自分を取り戻していくのだ。

村上春樹
クロニクル

小説家「村上春樹」とは、いったい何者なのだろうか?
読みやすいのに難しい。複雑なのに、実は単純だったりもする。
そして、ロシア人もインド人もファンはみな口を揃えて言う。
「これは自分の物語だ。ハルキ・ムラカミが代弁してくれた」
彼の人生を振り返りながら、その魅力の謎に迫ってみた。

Haruki Murakami
Chronicle

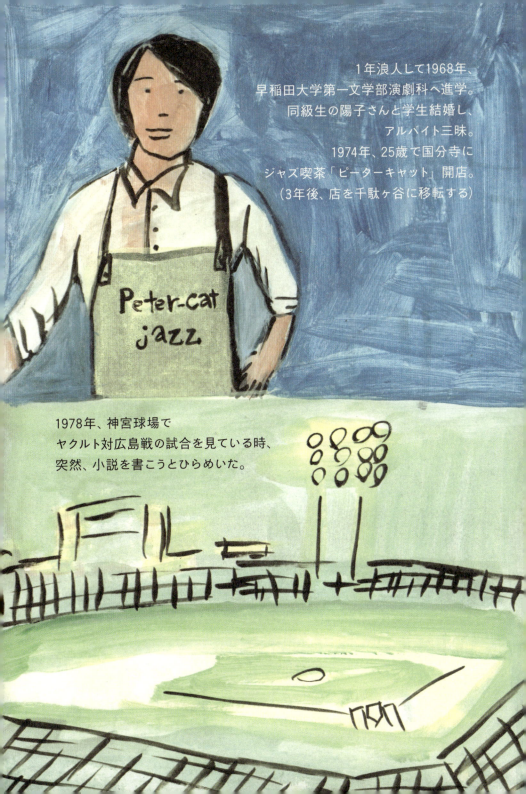

店を閉めた後、台所のテーブルで真夜中に1時間ずつ、4カ月かけて、デビュー作『風の歌を聴け』を執筆する。

1979年に『風の歌を聴け』が群像新人文学賞を受賞しデビュー。続編『1973年のピンボール』とともに2作続けて芥川賞にノミネートされる。大好きな外国文学の翻訳もはじめる。

1997年、地下鉄サリン事件の被害者にインタビューをして、初のノンフィクション作品『アンダーグラウンド』として発表。「デタッチメント(関わりのなさ)」ではなく「コミットメント(関わること)」が大切だと発言し、話題になる。

2009年、『1Q84』が世界的なベストセラーに。フランツ・カフカ賞、エルサレム賞、カタルーニャ賞などを受賞し国際的な評価が高まっていく。

ノーベル文学賞の最有力候補として
期待を集めはじめる。
2016年には、
アンデルセン文学賞受賞。

2017年、『1Q84』以来7年ぶりの本格長編
『騎士団長殺し』発表。
2018年、ラジオDJに初挑戦。

村上春樹作品における
ファンタジーとリアリズムの年表

青字＝短編
赤字＝長編

↑
ファンタジー

- 羊男のクリスマス（1985）
- とんがり焼の盛衰（1983）
- 加納クレタ（1990）
- **世界の終りとハードボイルド・ワンダーランド**（1985）
- あしか祭り（1982）
- 氷男（1991）
- **羊をめぐる冒険**（1982）
- 象の消滅（1985）
- **ねじまき鳥クロニクル**（1994）
- めくらやなぎと眠る女（1983）

― 1980 ― 1990 ―

リアリズム
↓

- パン屋再襲撃（1985）
- レキシントンの幽霊（1996）
- **1973年のピンボール**（1980）
- **ダンス・ダンス・ダンス**（1988）
- **風の歌を聴け**（1979）
- カンガルー日和（1981）
- **国境の南、太陽の西**（1992）
- 納屋を焼く（1983）
- 午後の最後の芝生（1982）
- 中国行きのスロウ・ボート（1980）
- 4月のある晴れた朝に100パーセントの女の子に出会うことについて（1981）
- チーズ・ケーキのような形をした僕の貧乏（1982）
- 螢（1983）
- **ノルウェイの森**（1987）

村上作品は「ファンタジー」と「リアリズム」を織り交ぜて書かれている。ヨーロッパでは、『海辺のカフカ』『1Q84』などファンタジー性の強い作品が人気で、アジアでは、『ノルウェイの森』などリアリズム系作品の人気が高い。

- ふしぎな図書館（2005）
- 恋するザムザ（2013）
- 品川猿（2005）
- **1Q84**（2009）
- かえるくん、東京を救う（1999）
- シェエラザード（2014）
- **海辺のカフカ**（2002）
- **騎士団長殺し**（2017）
- アフターダーク（2004）

――― 2000 ――――――― 2010 ―――――

- 神の子どもたちはみな踊る（1999）
- **スプートニクの恋人**（1999）
- 蜂蜜パイ（2000）
- 木野（2014）
- ハナレイ・ベイ（2005）
- 独立器官（2014）
- イエスタデイ（2013）
- **色彩を持たない多崎つくると、彼の巡礼の年**（2013）
- ドライブ・マイ・カー（2013）
- 女のいない男たち（2014）

村上春樹作品における長編と短編の相関図

青字＝短編
赤字＝長編

村上作品では、同じモチーフが何度も繰り返し描かれている。はじめは短編小説として書かれ、その後、長編小説へと成長して完成することが多い。

- 双子と沈んだ大陸（1985）
- 1973年のピンボール（1980）
- ダンス・ダンス・ダンス（1988）
- 風の歌を聴け（1979）

初期「僕と鼠」4部作

- 羊をめぐる冒険（1982）
- 彼女の町と、彼女の緬羊（1981）

「リアリズム」の系譜

「ファンタジー」の系譜

- 螢（1983）
- ノルウェイの森（1987）
- 街と、その不確かな壁（1980）
- 世界の終りとハードボイルド・ワンダーランド（1985）

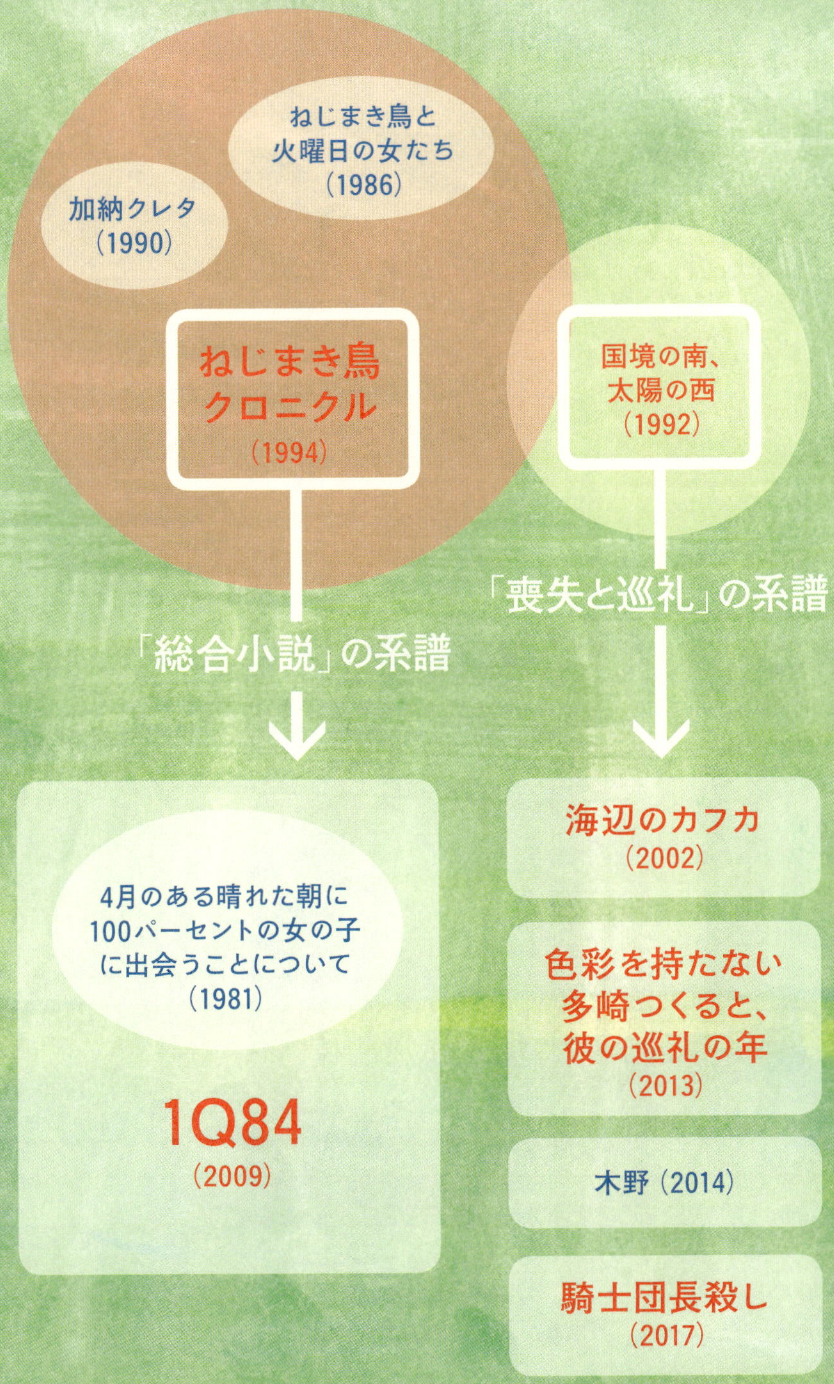

- 加納クレタ（1990）
- ねじまき鳥と火曜日の女たち（1986）
- **ねじまき鳥クロニクル（1994）**
- 国境の南、太陽の西（1992）

「総合小説」の系譜 →

「喪失と巡礼」の系譜 →

- 4月のある晴れた朝に100パーセントの女の子に出会うことについて（1981）
- **1Q84（2009）**

- 海辺のカフカ（2002）
- **色彩を持たない多崎つくると、彼の巡礼の年（2013）**
- 木野（2014）
- **騎士団長殺し（2017）**

**Dictionary of
Haruki Murakami Words**

村上春樹語
辞典

あ行 ……… 034
か行 ……… 056
さ行 ……… 078
た行 ……… 106
な行 ……… 120
は行 ……… 126
ま行 ……… 154
や行 ……… 168
ら行 ……… 174
わ行 ……… 181

あ

アーシュラ・K・ル＝グウィン〜愛について語るときに我々の語ること

International Christian University

アーシュラ・K・ル＝グウィン
Ursula K. Le Guin Ⓐ

『ゲド戦記』で有名なアメリカのSF、ファンタジー作家。翼を持った猫たちを描いた絵本『空飛び猫』(P.101) シリーズ（続編に『帰ってきた空飛び猫』、『素晴らしいアレキサンダーと、空飛び猫たち』、『空を駆けるジェーン』）が村上訳で楽しめる。彼女のファンだった村上さんは、「表紙を一目見たときから、僕はこの本を翻訳しようと決心しました」と語っている。2018年逝去。

ICU
International Christian University／アイシーユー

東京・三鷹にある国際基督教大学の通称。村上さんは20歳のころ、近所のアパートに2年暮らしていた。具体的に名前は登場しないが、『1973年のピンボール』(P.097) で主人公と双子がよく散歩したのは、ICUのゴルフ場（現在の野川公園）。続編『羊をめぐる冒険』(P.134) でも主人公のデートシーンに登場。彼女とアパートからICUのキャンパスまで歩き、食堂で昼食を食べたり、ラウンジで珈琲を飲んだり、芝生に寝転がったりしている。

愛について語るときに 我々の語ること
What We Talk About When We Talk About Love／アイニツイテカタルトキニワレワレノカタルコト Ⓐ

レイモンド・カーヴァー (P.177) の短編集。タイトルは、表題作中の「愛についてしゃべっているときに自分が何をしゃべっているか」という台詞の原文から引用された。エッセイ集『走ることについて語るときに僕の語ること』(P.127) のタイトルも、この作品に由来している。

中央公論新社、1990年

アイロンかけ
ironing

アイロンをかける行為は、「浄化」のメタファーとして村上作品にしばしば登場する。『ねじまき鳥クロニクル』(P.124)の主人公は、頭が混乱するといつもシャツにアイロンをかけ、その工程は全部で12に分かれている。『村上春樹 雑文集』(P.162)所収のエッセイ「正しいアイロンのかけ方」によると、村上さんはアイロンかけが「わりに得意」で「BGMはソウルミュージックが合う」らしい。

アイロンのある風景
Landscape with Flatiron ／ アイロンノアルフウケイ 短

茨城県のとある海辺で、焚き火を囲む男女の物語。家出をしてコンビニで働く「順子」と中年の絵描き「三宅さん」は、浜で焚き火をするのが趣味。三宅さんが最近描いた絵は「アイロンのある風景」だという。『神の子どもたちはみな踊る』(P.060)所収。

アオ
Ao 登

『色彩を持たない多崎つくると、彼の巡礼の年』(P.084)に登場する主人公つくる(P.107)の高校時代の友人5人組のひとり。青海悦夫(おうみよしお)という名前で、愛称はアオ。名古屋在住。学生時代はラグビー部に所属し、現在はトヨタ「レクサス」(P.178)のディーラーに勤務している。

青いぶどう
Blue grapes ／ アオイブドウ

村上さんが、12歳のときに編集委員として参加した西宮市立香櫨園(こうろえん)小学校の卒業文集に収録されている作文。冒頭で、村上さんは自分たちのことを熟す前の「一粒の青いぶどう」という比喩で表現しており、類まれなる才能を感じさせる貴重な資料。

青が消える
Losing Blue ／ アオガキエル 短

全集でしか読めない幻の短編。アイロンをかけているときにシャツの青色が消えてしまい、気がつくと世界から青が消えていた、という話。その後も村上作品に何度も出てくる「青」や「消える」というキーワードが両方登場している重要な作品。ミレニアムの大晦日を舞台に、という依頼で1992年に執筆された。『村上春樹全作品1990〜2000 ①』所収。

青豆
Aomame ／ アオマメ 登

『1Q84』(P.043)の主人公のひとり。本名は、青豆雅美(あおまめまさみ)。広尾にある高級スポーツクラブに勤務するインストラクタ

ーでありながら、暗殺者という裏の顔を持つ。村上さんが居酒屋で青豆とうふというメニューを見てひらめいたそうで、友人のイラストレーター、安西水丸（P.042）と和田誠（P.183）による共著のエッセイ集に『青豆とうふ』（新潮社）というタイトルをつけたことも。

青山
Aoyama／アオヤマ 地

「村上春樹といえば青山」というくらい、作品にたびたび登場する代表的なエリア。『ダンス・ダンス・ダンス』（P.109）の主人公が、青山の紀ノ国屋で「調教済みのレタス」（P.110）を買うシーンや、『国境の南、太陽の西』（P.072）で青山通りを車で走るシーンなどが特に有名。エッセイでも周辺を散歩している様子がよく書かれている。

アカ
Aka 登

『色彩を持たない多崎つくると、彼の巡礼の年』（P.084）に登場する主人公つくる（P.107）の高校時代の友人5人組のひとり。赤松慶（あかまつけい）という名前で、愛称はアカ。名古屋在住。学生時代から成績優秀で、現在はクリエイティブ・ビジネスセミナーを主宰する会社を経営している。

赤坂シナモン
Cinnamon Akasaka／アカサカシナモン 登

『ねじまき鳥クロニクル』（P.124）に登場する赤坂ナツメグ（P.036）の息子。6歳になる前、深夜にねじまき鳥の声を聞き、不思議な出来事を目撃して以来、声を発することをやめる。知能は高く、ナツメグの仕事の補佐をしている。

赤坂ナツメグ
Nutmeg Akasaka／アカサカナツメグ 登

『ねじまき鳥クロニクル』（P.124）に登場する、特殊な仕事をしている女性。横浜生まれ、満州育ち。元有名ファッションデザイナーで、猟奇的な方法で夫を殺害された過去を持つ。上流階級の人々を相手に一種の心霊治療を行っている。

アキ・カウリスマキ
Aki Kaurismäki 人

フィンランドを代表する映画監督。村上さんは、アキ・カウリスマキの「いささかまともじゃないところが好き」と語っており、好きな作品に「レニングラード・カウボーイズ」シリーズをあげている。『色彩を持たない多崎つくると、彼の巡礼の年』（P.084）でも主人公が、フィンランドといえば「シベリウス、アキ・カウリスマキの映画、マリメッコ、ノキア、ムーミン」と話すシーンがある。

秋川まりえ
Marie Akikawa／アキカワマリエ 登

『騎士団長殺し』（P.063）に登場する13歳の美少女。ペンギンのお守りを持っている。主人公の「私」が絵画教室で教えている生徒で、物語の重要な鍵を握っている。

芥川賞
Akutagawa Prize／アクタガワショウ

デビュー作の『風の歌を聴け』(P.058) が第81回（1979年上半期）、『1973年のピンボール』(P.097) が第83回（1980年上半期）の芥川賞候補にあがったが落選。村上さんは、エッセイ集『走ることについて語るときに僕の語ること』(P.127) に「僕としては正直なところ、どっちでもいいやと思っていた。とればとったで取材やら執筆依頼やらが続々舞い込んでくるだろうし、そんなことになったら店の営業に差し支えるんじゃないかと、そっちの方がむしろ心配だった」と書いている。

旭川
Asahikawa／アサヒカワ 地

『ノルウェイの森』(P.125) に登場するレイコさん (P.177) が、旭川のことを「あそこなんだか作りそこねた落とし穴みたいなところじゃない？」と発言。一見、ひどい言いようだが、穴 (P.038) は村上作品では「異界への入口」となる重要なキーワードである。『羊をめぐる冒険』(P.134) でも、主人公が羊男 (P.134) に出会う「十二滝町」(P.087) に行くために札幌から一度、旭川を経由していることから、ワンダーランドへの入口の場所としてとらえているのかもしれない。

あしか
Sea Lion 短

なぜか、村上作品にたびたび登場する海獣。「なぜ私はあしかであるのだろう」と主人公が虚無感を感じる超短編「あしか」（『村上春樹全作品 1979〜1989 ⑤』所収）の他に、「月刊『あしか文芸』」(P.068)、「あしか祭り」(P.037) などの短編があり、『夢で会いましょう』(P.170) 所収の超短編「マッチ」「ラーク」の中にもあしかが登場する。

あしか祭り
Sea Lion Festival／アシカマツリ 短

「玄関のベルがカンコンと鳴り、僕がドアを開けると、そこにあしかが立っていた」とい

Asahikawa

うお話。あしかは「僕」にあしか祭りへの「象徴的援助」を求め、お礼に「あしか会報」と「あしかワッペン」を置いて帰る。ちょっぴりシュールで村上文体のまわりくどさが際立つ短編として有名。『カンガルー日和』(P.062)所収。

芦屋
Ashiya／アシヤ 地

村上さんが子ども時代を過ごした町。『村上朝日堂の逆襲』(P.160)に「僕が生まれた場所は一応京都だけどすぐに兵庫県西宮市夙川（しゅくがわ）というところに移り、それから同じ兵庫県芦屋市に移っている。だからどこの出身かというのは明確ではないのだが、十代を芦屋で送り、両親の家もここにあるのでいちおう芦屋市出身ということになっている」と書いている。

穴
hole／アナ

村上作品にたびたび登場する、異界への入口。『ねじまき鳥クロニクル』(P.124)の井戸、『騎士団長殺し』(P.063)の石室などが印象的。主人公たちは、穴を通って「あちら側」の世界へと足を踏み入れる。異界とは、すなわち心の奥深くにある深層心理のこと。村上さんは、書くという創作行為そのものを「穴を掘る」とか、「地下室に降りて行く」と表現していて、「この深みに達することができれば、みんなと共通の基層に触れ、読者と交流することができる」と語っている。

アフターダーク
Afterdark 長

23時56分から6時52分までの一夜のできごとが、神の目線で描かれた実験的作品。「アフターダーク」とは「暗くなってから」という意味だが、タイトルは、モダンジャズのトロンボーン奏者、カーティス・フラーの代表曲「ファイブスポット・アフターダーク」に由来。「私たち」という一人称複数の視点がカメラのように動き、深夜の都会を描き出す。具体的な地名は書かれていないが、スクランブル交差点などの記述から、舞台は深夜の渋谷(P.085)であると断定できる。

講談社、2004年

雨田具彦
Tomohiko Amada／アマダトモヒコ 登

『騎士団長殺し』(P.063)に登場する92歳の著名な日本画家。オペラ「ドン・ジョバンニ」をモチーフに、「騎士団長殺し」という題の

日本画を描いた。現在は、認知症のため養護施設に入所している。主に飛鳥時代の歴史画を描くという作風から、神奈川・大磯に住んでいた日本画家の安田靫彦（やすだゆきひこ）がモデルと思われる。

雨田政彦
Masahiko Amada／アマダマサヒコ 登

『騎士団長殺し』（P.063）に登場する主人公「私」の美大時代からの友人で、グラフィックデザイナー。小田原にある父親、雨田具彦（P.038）のアトリエへ主人公を仮住まいさせて、絵画教室の仕事を紹介した。

雨やどり
アマヤドリ 短

偶然、雨やどりした青山（P.036）のお店での何気ない会話を綴ったドキュメンタリー風小説。「僕」は、昔インタビューしてくれた女性編集者と再会し、お金をもらって5人の男と寝た話を聞く。バブル期のけだるさを感じさせる作品。『回転木馬のデッド・ヒート』（P.056）所収。

阿美寮
アミリョウ

『ノルウェイの森』（P.125）に登場する直子（P.120）が入所した療養施設。京都の山奥にあるという設定だが実在はしない。映画「ノルウェイの森」でロケ地となったのは、美しい草原が広がる兵庫県神河（かみかわ）町の砥峰（とのみね）高原。

雨の日の女 ♯241・♯242
Rainy Day Women ♯241・♯242／
アメノヒノオンナ ♯241・♯242 短

作品のタイトルはボブ・ディラン（P.147）の楽曲、「雨の日の女」（原題「Rainy Day Women #12 & 35」）から引用。村上さんは、この短編について「雨の午後についての無彩色のスケッチのような文章を書いてみたかったのだ。とくに筋はない。何も始まらない」と語っている。『村上春樹全作品 1979〜1989 ③』所収。

アメリカン・ニューシネマ
American New Cinema

1960年代後半に生まれたアメリカ映画の新しいムーヴメント。村上さんの早稲田大学の卒業論文は「アメリカ映画における旅の思想」でアメリカン・ニューシネマと映画「イージー・ライダー」を論じた。村上さんは、この論文について「アメリカ文化においては、移動の感覚がひとつの大きな特色になっている」と語っている。鼠（ラッツォ）が登場す

る映画「真夜中のカーボーイ」なども村上作品に大きな影響を与えたと考えられる。

あらない
aranai

『騎士団長殺し』（P.063）に登場するキャラクター、騎士団長の変な語り口。「ない」のことを「あらない」と言う。作家、川上未映子（P.061）による村上さんへのロングインタビュー『みみずくは黄昏に飛びたつ』（P.159）のキャッチコピーで「ただのインタビューではあらない」とパロディ化された。

ありあわせのスパゲティー
Available-to-eat Pasta

村上さんが学生時代に頻繁に作っていたという簡単料理。冷蔵庫に残っていたものをなんでもかんでも茹で立てのスパゲティーとまぜてしまうと『村上朝日堂』（P.160）で書いている。しかし、村上作品の主人公がよく作っているスパゲティー料理を想像するに、とてもおいしそうである。

アリス・マンロー
Alice Munro ㊥

2013年にノーベル文学賞（P.125）を受賞したカナダの作家。恋愛小説集『恋しくて』（P.069）の中で、村上さんは彼女の「ジャック・ランダ・ホテル」を訳し、「女性の心理を深くえぐり取るように描きながら、文章にはいわゆる『女性っぽさ』みたいなものがほとんど感じられない」と語っている。

あるいは
or

村上作品によく見られる接続詞。たとえば、短編「飛行機――あるいは彼はいかにして詩を読むようにひとりごとを言ったか」（P.132）や、『村上春樹 雑文集』（P.162）所収のエッセイ「自己とは何か（あるいはおいしい牡蠣フライの食べ方）」など作品タイトルにも頻出する。

あるクリスマス
One Christmas ㊧

トルーマン・カポーティ（P.117）が、幼い日のクリスマスの思い出を書いた自伝的作品。1956年の『クリスマスの思い出』（P.067）と表裏の物語となっていて、少年バディーが離れて暮らす父親と一緒にクリスマスを過ごす。1982年、父親が亡くなった直後に書かれ、カポーティの人生最後の作品とな

文藝春秋、1989年

った。装画は山本容子の銅版画。

アルネ
Arne

大橋歩（P.051）が企画、編集、写真、取材のすべてを手がけた伝説的雑誌。10号（2004年12月発行）「村上春樹さんのおうちへ伺いました。」という特集の中で、村上邸の貴重な写真がたくさん掲載されている。執筆机やレコード棚、キッチンまで披露しているのが珍しく、ファン必携の一冊。

イオグラフィック、2004年

アルファヴィル
Alphaville

フランスの映画監督ジャン＝リュック・ゴダールが手がけた1965年の映画。コンピューターに支配され、感情を持たない人々が暮らす星雲都市アルファヴィルが舞台。ここでは、涙を流す人は公開処刑されてしまう。「実験的、芸術的、冒険的、半SF」とゴダール自身が名付けた文明批評映画。『アフターダーク』（P.038）には「アルファヴィル」という名前のラブホテルが登場し、作品の世界観にも大きな影響を与えている。

アルファロメオ
Alfa Romeo

イタリアの自動車メーカー。村上さんも一時期、アルファロメオのオープンカー、スパイダーに乗っていたことがあるらしい。『1Q84』（P.043）で青豆（P.035）と中野あゆみの2人が行きずりのセックスをした相手の車もアルファロメオ。

アルフレッド・バーンバウム
Alfred Birnbaum Ⓐ

1980年代から90年代にかけて、村上春樹の初期作品を訳したアメリカの日本文学翻訳家。初期4部作『風の歌を聴け』（P.058）、『1973年のピンボール』（P.097）、『羊をめぐる冒険』（P.134）、『ダンス・ダンス・ダンス』（P.109）をはじめとする幅広い作品を訳し、海外の読者に村上春樹の名を広めた。本人は、翻訳を手がけた村上作品の中では『世界の終りとハードボイルド・ワンダーランド』（P.097）が一番お気に入りらしい。

Alfred Birnbaum

安西水丸
Mizumaru Anzai ／アンザイミズマル 人

村上さんとの名コンビで知られるイラストレーター。村上さんが、ジャズ喫茶「ピーターキャット」(P.133)の経営者だった時代からの付き合いで、親交が深い。村上さん曰く、「僕にとってはソウル・ブラザーのような人」。小説にたびたび登場する「渡辺昇」あるいは「ワタナベノボル」は、安西水丸の本名が元となっている。「村上朝日堂」(P.160)シリーズをはじめ、『象工場のハッピーエンド』(P.099)、『ランゲルハンス島の午後』(P.174)、『日出る国の工場』(P.132)、『村上かるた うさぎおいしーフランス人』(P.161)など共著も多数。村上さんのホームページをCD-ROMにした『夢のサーフシティー』(P.082)と『スメルジャコフ対織田信長家臣団』(P.081)には、2人の肉声対談も収録。2014年逝去。

アンダーグラウンド
Underground ノ

村上さんが地下鉄サリン事件の被害者や関係者62人にインタビューし、まとめたノンフィクション作品。村上さんは、「ある遺族に3時間ぐらいインタビューし、その帰りに1時間も泣いた。あの本を書いたのは僕にとって大きな体験で、(それが)小説を書く時によみがえってくるのです」と、2013年に京都大学百周年記念ホールで行われた公開インタビューで語っている。

講談社、1997年

アンデルセン文学賞
The Hans Christian Andersen Literature Award ／アンデルセンブンガクショウ

2007年に創設された、デンマークの文学賞。過去には、『アルケミスト』のパウロ・コエーリョ、『ハリー・ポッター』シリーズのJ・K・ローリングなどが受賞。2016年にこの賞を受賞した村上さんは、「影なくしては、それはただ平板な幻影となってしまいます。影を生まない光は、本物の光ではありません」とアンデルセンの小説『影』を引用して、スピーチをした。

『影』ハンス・クリスチャン・アンデルセン／著 長島要一／訳 ジョン・シェリー／画 評論社、2004年

and Other Stories
―とっておきのアメリカ小説12篇
and Other Stories ／アンドアザーストーリーズ―トッテオキノアメリカショウセツジュウニヘン 翻

村上春樹、柴田元幸(P.085)、畑中佳樹、斎藤英治、川本三郎がそれぞれアメリカの短編小説を訳したアンソロジー。村上さんは、「モカシン電報」(W・P・キンセラ)、「三十四回の冬」(ウィリアム・キトリッジ)、「君の小説」(ロナルド・スケニック)、「サミュエル／生きること」(グレイス・ペイリー)を訳している。

文藝春秋、1988年

アントン・チェーホフ
Anton Pavlovich Chekhov 人

『かもめ』、『ワーニャ伯父さん』、『三人姉妹』、

『桜の園』の4大戯曲が有名なロシアを代表する劇作家、小説家。『村上朝日堂はいかにして鍛えられたか』(P.160)で、旅行に持っていくなら「チェーホフ全集」だと書いているほど、村上さんが影響を受けた作家のひとり。『1Q84』(P.043)では、天吾(P.113)がチェーホフの紀行録『サハリン島』を取り上げ、先住民ギリヤーク人に関する記述を朗読したり、「小説家とは問題を解決する人間ではない。問題を提起する人間である」という彼の名言を思い出すシーンがある。

イエスタデイ
Yesterday 短

主人公の友人「木樽（きたる）」が、関西弁でビートルズの「イエスタデイ」を歌うシーンが話題に。作中に「サリンジャーの『フラニーとズーイ』(P.142)の関西語訳なんて出てないでしょう？」という台詞があるが、村上さんは「ズーイの語り口を関西弁でやる」翻訳をずっとやりたくて、それができない欲求不満からこの短編を書いたと語っている。しかし単行本化にあたって、この関西弁「イエスタデイ」の歌詞も大半が削られてしまった。『女のいない男たち』(P.053)所収。

偉大なるデスリフ
The Great Dethriffe ／イダイナルデスリフ 翻

アメリカの作家C.D.B.ブライアンが書いた『グレート・ギャツビー』（偉大なるギャツビー）(P.068)のパロディ小説。フィッツジェラルド(P.091)へのオマージュであふれていて、翻訳者の村上さんはじめ、ギャツビーファンにはたまらない作品。

新潮社、1987年

1Q84
1Q84 ／イチ・キュウ・ハチ・ヨン 長

ジョージ・オーウェルの近未来小説『1984年』を下敷きに、「近過去」を描いた長編小説。主人公「天吾（てんご）」(P.113)と「青豆（あおまめ）」(P.035)は、それまでの1984年の世界と微妙に異なる1Q84年の世界に入り込み、さまざまな出来事に遭遇して、やがて20年ぶりの再会を果たす。三軒茶屋の近くにある首都高速道路の非常階段がアナザーワールド1Q84年への入口になった。村上さんは、「4月のある晴れた朝に100パーセントの女の子に出会うことについて」(P.083)が元になった作品だと語っている。

新潮社、2009年（BOOK1／BOOK2）、2010年（BOOK3）

一角獣
unicorn／イッカクジュウ

馬のような姿をしていて、その名の通り、頭に1本の角を持つ伝説上の動物。『世界の終りとハードボイルド・ワンダーランド』(P.097)では、並行する2つの世界をつなぐ重要なシンボルとして一角獣や一角獣の頭骨が登場する。村上さんが経営していたジャズ喫茶「ピーターキャット」(P.133)の近くにある、明治神宮外苑の聖徳記念絵画館前には一角獣の銅像が建っている。

イデア
idea

ギリシア語で「見えているもの、姿、形」という意味。プラトン哲学では、理性によって認識できる「真の実在」を表す。『騎士団長殺し』(P.063)の「第1部 顕（あらわ）れるイデア編」の中で、身長60センチほどの「騎士団長」の姿となって現れる。単数の人間に対しても「諸君」と呼び、「あたし」「～ではあらない」(P.040)といった不思議なしゃべり方をする。

井戸
well／イド

村上作品では、しばしば「井戸に降りていく」という表現が使われる。井戸とは心の奥底に通じる窓のようなもので、集合的無意識への入口でもある。『風の歌を聴け』(P.058)では、火星の井戸。『1973年のピンボール』(P.097)では、井戸掘り職人。『羊をめぐる冒険』(P.134)、『ノルウェイの森』(P.125)、『スプートニクの恋人』(P.096)でも井戸は登場し続け、『ねじまき鳥クロニクル』(P.124)の涸れ井戸は、物語の謎を解く重要な鍵となった。

糸井重里
Shigesato Itoi ／イトイシゲサト 人

「ほぼ日刊イトイ新聞」（通称「ほぼ日」）を主宰するコピーライター。『夢で会いましょう』（P.170）は、村上春樹と糸井重里がカタカナ文字の外来語をテーマに競作したショートショート集。2人は同学年で、糸井さんが村上さんより2カ月ほど年上になる。映画「ノルウェイの森」に大学教授役で出演している。

犬の人生
Mr. and Mrs. Baby and other srories ／イヌノジンセイ 翻

アメリカを代表する詩人、マーク・ストランド（P.154）による異色の処女小説集。彼の「野原の中で／僕のぶんだけ／野原が欠けている。／いつだって／そうなんだ。／どこにいても／僕はその欠けた部分。」とはじまる詩に興味を持った村上さんが翻訳を担当。物語性よりも語り口が大きな意味を持つ「散文的語り」に近い短編集だと解説している。

中央公論新社、1998年

イマヌエル・カント
Immanuel Kant 人

『1973年のピンボール』（P.097）の配電盤のお葬式（P.126）をする場面で、主人公はお祈りの言葉としてカントの『純粋理性批判』の一節を引用。「哲学の義務は、誤解によって生じた幻想を除去することにある」と読み上げ、配電盤を貯水池に沈める。

今は亡き王女のための
Now for the Deceased Princess ／イマハナキオウジョノタメノ 短

他人の気持ちを傷つけることが天才的に上手かった女の子の話。タイトルは、モーリス・ラヴェルのピアノ曲「亡き王女のためのパヴァーヌ」から取られている。『ノルウェイの森』（P.125）の終盤、レイコさん（P.177）がギターでこの曲を弾く場面があるが、村上さんは、このときは「死せる王女のためのパヴァーヌ」と表記している。『回転木馬のデッド・ヒート』（P.056）所収。

意味がなければスイングはない
If It Ain't Got That Swing, It Don't Mean a Thing ／イミガナケレバスイングハナイ エ

村上さん初の本格的音楽エッセイ。シューベルト（P.087）からジャズの巨星スタン・ゲッツ（P.095）、Jポップのスガシカオ（P.091）まで幅広く語っている。タイトルは、デューク・エリントン（P.112）の名曲「スイングがなければ意味はない」に由来。

文藝春秋、2005年

いるかホテル
Dolphin Hotel

『羊をめぐる冒険』（P.134）に登場する札幌のすすきの周辺にあると思われるホテル。正式名称は「ドルフィン・ホテル」で、支配人は羊博士の息子。元は北海道緬羊会館で、小さく、無個性。続編『ダンス・ダンス・ダンス』（P.109）では一変、「スター・ウォーズ」（P.094）の秘密基地みたいな巨大な高層ホテルとなっている。羊男（P.134）が住んでいることから、ファンが探し歩くものの実在はしない。

ウィスキー
whisky

村上作品では、世界のこちら側とあちら側をつなぐ飲みもの。異界に行くための秘密の道具としてよく描かれている。『世界の終りとハードボイルド・ワンダーランド』（P.097）の主人公「私」は、「ウィスキーというのは最初はじっと眺めるべきものなのだ。そして眺めるのに飽きたら飲むのだ。綺麗な女の子と同じだ」と語る。ジャズ喫茶を経営していた村上さんにはとても親しい存在で、ウィスキーの聖地巡礼をした紀行文集『もし僕らのことばがウィスキーであったなら』（P.164）がある。

ヴィトゲンシュタイン
Ludwig Josef Johann Wittgenstein 人

オーストリア、ウィーン出身の哲学者。『1Q84』（P.043）の中でタマル（P.108）が、「いったん自我がこの世界に生まれれば、それは倫理の担い手として生きる以外にない」という彼の言葉を引用。村上さんは、新聞での『1Q84』をめぐるインタビューにおいて、後期ヴィトゲンシュタインの「私的言語」概念に影響を受けていたことを明かした。

ウォーク・ドント・ラン
Walk, Don't Run 対

村上龍（P.163）26歳、村上春樹29歳のときの対談本。正式なタイトルは『ウォーク・ドント・ラン 村上龍 VS 村上春樹』。当時、村上さんはジャズ喫茶を経営しながら小説を書いていた。日本を代表する小説家2人が新人のころの対談とあって、今となっては貴重な話

が満載。タイトルを英訳すると「歩け、走るな」で、日本語のことわざで「急がば回れ」というような意味。ロックバンド、ベンチャーズの曲からとられた。

講談社、1981年

ウォッカ・トニック
wodka tonic

『ノルウェイの森』(P.125)に登場する新宿のジャズ喫茶「DUG(ダグ)」(P.106)で主人公のワタナベとガールフレンドの緑(P.158)が昼間からウォッカ・トニックを5杯も飲むシーンが有名。ちなみに、村上さん自身は、ウォッカのペリエ割りにレモンを搾ったものが好きで、「シベリア・エキスプレス」と名づけているそう。

雨月物語
Tales of Moonlight and Rain ／ウゲツモノガタリ

江戸時代の国学者、上田秋成による怪異小説集。『海辺のカフカ』(P.048)の中では「菊花の約(ちぎり)」「貧福論」が登場する。現実と非現実との境界が混ざりあう村上文学に影響を与えた古典作品である。ちなみに、『騎士団長殺し』(P.063)では、上

『新版 雨月物語 全訳注』
青木政次／訳注
講談社学術文庫、2017年

田秋成の『春雨物語』が引用されている。

牛河
Ushikawa ／ウシカワ 🎱

『1Q84』(P.043)に登場する頭頂部が扁平な元弁護士、牛河利治(うしかわとしはる)。表には出ない裏の仕事を請け負う。宗教団体「さきがけ」(P.078)の命令で、天吾(P.113)に接近した。『ねじまき鳥クロニクル』(P.124)でも主人公の義兄である綿谷ノボル(P.182)の秘書として登場している。

うずまき猫のみつけかた
Uzumaki-Neko no Mitsukekata ／
ウズマキネコノミツケカタ 📖

村上さんが、アメリカのケンブリッジに住んだ1993〜95年にかけての滞在記。安西水丸(P.042)と陽子夫人が絵と写真で参加した絵日記風エッセイ集となっている。ボストン・マラソンに向けて

新潮社、1996年

昂揚していく街の表情、「猫の喜ぶビデオ」の驚くべき効果、年末に車が盗まれて困り果てた話など、なごやかなエピソードが多い。

内田樹
Tatsuru Uchida ／ウチダタツル 👤

神戸市で武道と哲学研究のための学塾「凱風

館」を主宰する哲学研究者、思想家、武道家。処女作『風の歌を聴け』(P.058)が出たときからの村上ファンとして知られ、村上文学の魅力をわかりやすく解きあかす文芸評論『村上春樹にご用心』、『もういちど村上春樹にご用心』（共にアルテスパブリッシング）を書いている。

雨天炎天
In the Holy Mountain, on the Turkish road／ウテンエンテン 紀

ギリシア編、トルコ編の2部構成の旅行記。ギリシア編は、女人禁制で知られるギリシア正教の聖地アトスをひたすら歩く巡礼の旅。トルコ編では、車で21日間かけてトルコを一周。泳げる猫と噂されるヴァン猫がいる東アナトリア地方など辺境を訪ねている。

松村映三／写真
新潮社、1990年

海辺のカフカ
Kafka on the Shore／ウミベノカフカ 長

「世界でいちばんタフな15歳の少年になる」と決意した「僕」、田村カフカ(P.108)と、猫と話ができるナカタさん(P.120)は、何かに導かれるように四国をめざす。フランツ・カフカ(P.142)の思想的影響のもと、ギリシア悲劇のオイディプス王の物語と、『源氏物語』や『雨月物語』(P.047)などの日本古典文学が取り込まれた長編小説。演出家の蜷川幸雄(P.122)によって舞台化もされた。2005年「ニューヨーク・タイムズ」紙での「年間ベストブック10冊」に選出、2006年「世界幻想文学大賞」を受賞し、村上文学の国際的評価が高まるきっかけとなった。

新潮社、2002年

絵
illustration／エ

佐々木マキ(P.078)、大橋歩(P.051)、和田誠(P.183)、安西水丸(P.042)との共作から、「絵」をテーマに村上作品の魅力を読み解く企画展「村上春樹とイラストレーター」が2016年、東京・ちひろ美術館で開催された。村上さんは、小学校低学年の頃、夙川（しゅくがわ）に住んでいた画家・須田剋太の絵画教室で絵を習っていた。「ものを枠で囲うのはよくないよ。枠をはずして描きなさい」というアドバイスを今でもはっきり覚えているという。また、最新作『騎士団長殺し』(P.063)の主人公は画家で、はじめて絵をモチーフとした小説となった。

『村上春樹とイラストレーター―佐々木マキ、大橋歩、和田誠、安西水丸―』ナナロク社、2016年

映画
movies／エイガ

1980年代初頭、雑誌「太陽」で映画評を書いていた村上さん。かつて早稲田大学の演劇科に在学中は、時間があれば大学の演劇博物館で映画のシナリオを読んでいたらしい。何度

観ても飽きない映画に、「静かなる男」と「真昼の決闘」をあげ、「『僕もがんばらなくちゃな』という気持ちになれます」と語っている。また、「地獄の黙示録」も大好きな作品で20回以上は観ているそう。

映画をめぐる冒険
A Wild Movie Chase ／エイガヲメグルボウケン 〈エ〉

村上春樹、川本三郎の共著による映画エッセイ集。264本の映画の解説が年代ごとにまとめられており、村上さんは154本について書き、川本さんは110本について書いている。

講談社、1985年

英雄を謳うまい
No Heroics, Please 〈ឣ〉

レイモンド・カーヴァー（P.177）の全集第7巻として、初期の短編から、詩、エッセイ、書評、最後の散文までをまとめた一冊。「自作を語る」エッセイなどがあり、カーヴァー作品をしっぽの先まで味わいたい人向けの本。

中央公論新社、2002年

駅
station ／エキ

都市の迷宮として村上作品の中で重要な役割を果たしている駅。『色彩を持たない多崎つくると、彼の巡礼の年』（P.084）の主人公、多崎つくる（P.107）は駅が大好きで、鉄道会社で駅を設計する仕事をしている。特に好きなのがJR新宿駅。物語の最終章には、「新宿駅は巨大な駅だ。一日に延べ三百五十万に近い数の人々がこの駅を通過していく……まさに迷宮だ」とある。

NHK
Nippon Hoso Kyokai ／エヌエイチケー

『1Q84』（P.043）の主人公、天吾（P.113）の父はNHKの集金人。子どもを連れていくと徴収しやすいとの意図で、天吾は父の集金に連れまわされて育った。青豆（P.035）が潜む隠れ家にも集金人が現れ、巨大な権力、システムの象徴として描かれている。現実には、NHKラジオ「英語で読む村上春樹」、Eテレ「世界が読む村上春樹〜境界を越える文学〜」などを制作している。

『英語で読む村上春樹 世界のなかの日本文学』
2017年3月号
NHK出版、2017年

Elvis Aron Presley

エルヴィス・プレスリー
Elvis Aron Presley 人

アメリカン・ドリームの象徴的存在。『風の歌を聴け』(P.058)の「僕」が初めてデートした女の子と観たのが、エルヴィス・プレスリーの主演映画。『色彩を持たない多崎つくると、彼の巡礼の年』(P.084)の中では、つくる（P.107）が着信メロディーの曲名を思い出して、エルヴィス・プレスリーの「ラスヴェガス万歳！」だ、と思うシーンもある。

エルサレム賞
Jerusalem Prize ／エルサレムショウ

エルサレム国際ブックフェアにて表彰される文学賞で、正式名称は「社会の中の個人の自由のためのエルサレム賞」。村上さんは2009年に受賞し、そのスピーチで「壁と卵」(P.060)というメタファーを用いて、イスラエルの戦争や暴力行為を批判。受賞を断らなかった理由について、「昔とは違って、自分のなかに責任感のようなものが生まれていたからだと思います。そんなふうに感じるようになったのは、やはり『アンダーグラウンド』(P.042)を書いてからですね」と語っている。

嘔吐 1979
Nausea 1979 ／オウトイチキュウナナキュウ 短

古いレコードのコレクターで、友だちの恋人や奥さんと寝るのが好きな若手のイラストレーターの話。彼は、吐き気が1979年6月4日から7月14日まで40日間続き、さらにその間、

見知らぬ男から毎日電話がかかってきた、という不思議な体験をする。『回転木馬のデッド・ヒート』(P.056)所収。

大いなる眠り
The Big Sleep 翻

レイモンド・チャンドラー(P.177)の処女小説で、1939年刊行。私立探偵フィリップ・マーロウを主人公とした長編シリーズの1作目である。後にハンフリー・ボガート主演の映画「三つ数えろ」にもなった。

早川書房、2012年

おおきなかぶ、むずかしいアボカド 村上ラヂオ2
Murakami Radio 2／オオキナカブ、ムズカシイアボカド ムラカミラジオ2 壬

村上春樹×大橋歩(P.051)による、肩の力を抜いて楽しめる日常エッセイ「村上ラヂオ」(P.163)シリーズの第2弾。「おおきなかぶ」にまつわるロシアと日本の昔話の違いや、アボカドの熟れ頃を当てることのむずかしさなど、52編を収録。

マガジンハウス、2011年

おおきな木
The Giving Tree／オオキナキ 翻

シェル・シルヴァスタイン(P.083)の世界的名作絵本が、村上さんの訳で登場。いつでもそこにあるりんごの木。成長し変わっていく少年。それでも木は惜しみなく愛を与え続けた。原作のある一文、"And the tree was happy... but not really"を、村上さんは「それで木はしあわせに…なんてなれませんよね」と訳している。

あすなろ書房、2010年

大島さん
Mx. Oshima／オオシマサン 登

『海辺のカフカ』(P.048)に登場する甲村記念図書館(P.071)の司書で21歳。血友病患者で、性的少数者。戸籍は女性だが、意識は完全に男性であり、「レズビアンじゃない。性的嗜好でいえば、僕は男が好きです」と語る。主人公の田村カフカ(P.108)少年を図書館や、森の中の山小屋に住まわせるなど面倒見がよい。「世界はメタファーだ、田村カフカくん」の名言で知られる。

大橋歩
Ayumi Ohashi／オオハシアユミ 人

イラストレーター。雑誌「Arne(アルネ)」(P.041)などを手がける「イオグラフィック」主宰。1960年代、日本初の若者雑誌「平凡パンチ」の表紙のイラストを創刊号から担当したことで知られている。「村上ラヂオ」(P.163)シリーズで、味のある繊細な線の銅版画で、200枚以上の挿絵を描いた。

小澤征爾さんと、音楽について話をする
Haruki Murakami Absolutely on Music Conversations with Seiji Ozawa ／オザワセイジサント、オンガクニツイテハナシヲスル 対

村上さんが小澤征爾さんに質問、録音、テープ起こしをして原稿にまとめたロング・インタビュー。東京、ハワイ、スイスと場所をかえて1年に及んだ。小澤さんのあとがきによると、娘の小澤征良さんと村上夫人の陽子さんが友人だった縁で顔見知りになったそう。本書を元に3枚組CD「『小澤征爾さんと、音楽について話をする』で聴いたクラシック」（ユニバーサルミュージック）も発売され、村上さんはライナー・ノーツを書き下ろしている。

新潮社、2011年

おじいさんの思い出
I Remember Grandpa ／オジイサンノオモイデ 翻

若き22歳のトルーマン・カポーティ（P.117）が、幼い日の思い出を書いた自伝的作品。最も初期の短編で、原稿はカポーティの叔母さんに捧げられたまま、40年間忘れられていた。山本容子さんの銅版画による挿絵がふんだんに使われていて美しい。

文藝春秋、1988年

おだまき酒の夜
Night of Odamakizake ／オダマキザケノヨル 短

雑誌「ショートショートランド」の「美女が出題する三つの言葉から話を作る」というコーナーで、秋吉久美子さんからの「岸辺」「今夜」「小瓶」という出題から生まれた小話。2頭の「おだまき」という生物と古井戸の前で酒盛りをする。『村上春樹全作品 1979～1989 ⑤』所収。

小田原
Odawara ／オダワラ 地

『騎士団長殺し』（P.063）は、神奈川県小田原市の山中にある日本画家のアトリエを主な舞台に物語が展開する。「近衛文麿の別荘」や、ゴミ収集車の曲がスコットランド民謡の「アニー・ローリー」であることなど土地柄に詳しい描写がある。『ダンス・ダンス・ダンス』（P.109）でも主人公「僕」とユキ（P.169）が、小田原に遊びに行くシーンがある。

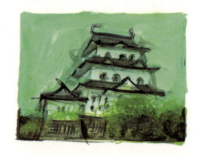

踊る小人
The Dancing Dwarf ／オドルコビト 短

「夢の中で小人が出てきて、僕に踊りませんかと言った」という冒頭の一行から発展していったという小品。主人公「僕」は、象を作る象工場に勤務している。ある日、綺麗な女の子を手に入れるために小人を体に入れて舞踏場で踊ると……。『螢・納屋を焼く・その他

お

踊る小人〜オンブレ

The Dancing Dwarf

の短編』(P.147)所収。

音楽
music／オンガク

村上さんは、文章についてのほとんどを音楽から学んだという。『村上春樹 雑文集』(P.162)で、「音楽にせよ小説にせよ、いちばん基礎にあるものはリズムだ。自然で心地よい、そして確実なリズムがそこになければ、人は文章を読み進んではくれないだろう。僕はリズムというものの大切さを音楽から（主にジャズから）学んだ」と語っている。

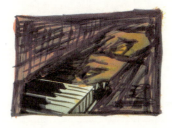

女のいない男たち
Men Without Women／オンナノイナイオトコタチ 集

いろいろな事情で女性に去られてしまった男たちを描いた短編集。収録作品は、「ドライブ・マイ・カー」(P.117)、「イエスタデイ」(P.043)、「独立器官」(P.114)、「シェエラザード」(P.082)、「木野」(P.064)、そして、昔の恋人エムが自殺したことを彼女の夫からの電話で知る、書き下ろし「女のいない男たち」の6編。珍しく長めのまえがきが付されている。単行本収録にあたり、「ドライブ・マイ・カー」の地名「中頓別町（なかとんべつちょう）」(P.120)が「上十二滝町」に変更され、「イエスタデイ」ではビートルズ(P.135)の歌詞の関西弁訳がほとんど削られた。

文藝春秋、2014年

オンブレ
Hombre 翻

アメリカの作家、エルモア・レナードによる初期の西部劇小説を2本収録。「オンブレ」は「太陽の中の対決」(1967年)として、「三時十分発ユマ行き」は、「決断の3時10分」(1957年)、リメイク版「3時10分、決断のとき」(2007年)として映画化されている。

新潮文庫、2018年

村上食堂

(いかにして料理は、読者の胃袋や心を満たしているのか?)

村上作品は、「読むレストラン」。いつだって美味しそうなレシピの宝庫だ。
主人公は、冷蔵庫にあったありあわせの食材で、
スパゲティーやサンドウィッチをサッとつくってしまう。
そして、本を読み終わった後は、必ず食べてみたくなる。
ハルキ料理は、読者の胃袋と心の隙間を埋めてくれる重要な記号なのだ。

まともなハンバーガー
『ダンス・ダンス・ダンス』

ハワイのビーチで泳いだ後に、「僕」とユキが食べにいく。「少し散歩してまともなハンバーガーを食べにいこう。肉がかりっとしてジューシーで、トマト・ケチャップがとことん無反省で、美味く焦げたリアルな玉葱のはさんである本物のハンバーガー」。

たらことバターのスパゲティー
『羊をめぐる冒険』

鼠を追ってたどり着いた北海道の別荘で「僕」がつくったスパゲティー。「ワックスがけに使った六枚の雑巾を洗って外に干してから、鍋に湯を沸かしてスパゲティーを茹でた。たらことバターをたっぷりと白ワインと醤油。久し振りに気持の良いのんびりとした昼食だった」。

きゅうりののり巻き
『ノルウェイの森』

入院中である緑の父を訪問したときに「僕」が創作した料理。「僕は洗面所で三本のキウリを洗った。そして皿に醤油を少し入れ、キウリに海苔を巻き、醤油をつけてぽりぽりと食べた。/『うまいですよ』と僕は言った。『シンプルで、新鮮で、生命の香りがします。いいキウリですね。キウイなんかよりずっとまともな食い物です』」。

column 01 foods

コーンビーフのサンドウィッチ
『風の歌を聴け』

ある暑い夏の夜、鼠を待つ「僕」がジェイズ・バーで注文する。「僕はビールとコーンビーフのサンドウィッチを注文してから、本を取り出し、ゆっくりと鼠を待つことにした」。ありそうで意外と食べたことがない「コーンビーフのサンドウィッチ」は、村上ファンが一度は作ってみたいメニューのひとつ。

ストラスブルグ・ソーセージのトマト・ソース煮込み
『世界の終りとハードボイルド・ワンダーランド』

「私」と図書館のレファレンス係の女の子が一緒に食べた朝食。「私は鍋に湯をわかして冷蔵庫の中にあったトマトを湯むきし、にんにくとありあわせの野菜を刻んでトマト・ソースを作り、トマト・ピューレを加え、そこにストラスブルグ・ソーセージを入れてぐつぐつと煮こんだ」。このソーセージは、なかなか売っていないかと思いきや青山のスーパー紀ノ国屋で手に入る。

完璧なオムレツ
『騎士団長殺し』

「良いバーはうまいオムレツとサンドウィッチを出すものなんだ」という名台詞が『羊をめぐる冒険』にあるように、村上さんはオムレツ専用フライパンを所有していて、帝国ホテルの料理長だった「ムッシュ村上」(村上信夫)を心の師と思っているほどのオムレツ好き。『ノルウェイの森』で「僕」が食べる「マッシュルーム・オムレツ」、『海辺のカフカ』でナカタさんがつくる「ピーマン入りのオムレツ」。そして最新作『騎士団長殺し』では免色さんが、卵4個を使って小さなフライパンで「完璧なオムレツ」を作ってみせる。

かいつぶり
dabchick 短

カモと似ている「カイツブリ目カイツブリ科カイツブリ属」に分類される鳥のこと。主人公の「僕」が、やっと見つけた仕事の初出社日にドアをノックすると、中から男が姿を現し、合言葉が必要だと言う……。「手のりかいつぶり」など、意味不明の会話が魅力的な不条理ショートショート。『カンガルー日和』(P.062) 所収。

回転木馬のデッド・ヒート
Dead Heat on a Merry-Go-Round／カイテンモクバノデッド・ヒート 集

どの話も人から聞いたという「聞き書き小説」風の短編集。タイトルは、1966年のアメリカ映画「現金作戦」の原題「Dead Heat on a Merry-Go-Round」を直訳したもの。ちなみに、『世界の終りとハードボイルド・ワンダーランド』(P.097) には、「それはまるでメリー・ゴー・ラウンドの馬に乗ってデッド・ヒートをやっているようなものなのだ。誰も抜かないし、誰にも抜かれないし、同じところにしかたどりつかない」という一節がある。収録作品は、「はじめに・回転木馬のデッド・ヒート」、「レーダーホーゼン」(P.179)、「タクシーに乗った男」(P.106)、「プールサイド」(P.143)、「今は亡き王女のための」(P.045)、「嘔吐1979」(P.050)、「雨やどり」(P.039)、「野球場」

講談社、1985年

(P.168)、「ハンティング・ナイフ」(P.131)。

カーヴァー・カントリー
Carver Country: The World of Raymond Carver 翻

レイモンド・カーヴァー (P.177) が少年時代に親しんだワシントン州の自然風景や、作品の舞台となったバーやモーテル、登場人物たちの写真約80点をまとめた写真集。未発表の私信も掲載されている。

中央公論社、1994年

かえるくん、東京を救う
Super-Frog Saves Tokyo
カエルクン、トウキョウヲスクウ 短

信用金庫に勤める平凡なサラリーマン片桐の前に、ある日突然巨大な「かえるくん」が現れた。そして、かえるくんは自分とともに東京を救ってくれと頼む。闘う相手は東京の地下に眠る「みみずくん」。バンド・デシネで読む村上春樹シリーズ「HARUKI MURAKAMI 9 STORIES」で、フランス人アーティストにより漫画化された。『神の子どもたちはみな踊る』(P.060) 所収。

鏡
The Mirror／カガミ 短

新潟のある中学校で夜警の見回りをしていた時、「僕」は暗闇の中で何かの姿を見たような気がした。それは、鏡だった。しかし、鏡の中の「僕」は「僕」ではなかった。鏡にま

つわる恐怖体験を描いた作品で、「僕はどうも宿命的に鏡とか双子とかダブルとかにすごく惹かれるみたい」と村上さんは語っている。国語の教科書にも採用された作品。『カンガルー日和』(P.062)所収。

笠原メイ
Mei Kasahara／カサハラメイ 登

『ねじまき鳥クロニクル』(P.124)に登場する高校生。主人公、岡田亨の家の近所に住んでいる。かつらメーカーでアルバイトをしており、学校へは行かずに、家の庭で日光浴をしたり、裏の路地を観察するのが好き。笠原メイという名前の人物は、短編「双子と沈んだ大陸」(P.141)、『村上朝日堂超短篇小説 夜のくもざる』(P.160)の「うなぎ」にも登場する。

カズオ・イシグロ
Kazuo Ishiguro 人

2017年にノーベル文学賞(P.125)を受賞したことで一躍脚光を浴びた、ロンドン在住の日系イギリス人小説家。『日の名残り』でブッカー賞受賞。『わたしを離さないで』は、2014年に蜷川幸雄(P.122)演出で舞台化、2016年にテレビドラマ化され話題になった。親交もある村上さんは、たびたび好きな作家として名前を挙げ、「一人の小説読者として、カズオ・イシグロのような同時代作家を持つことは、大きな喜びである」と『村上春樹 雑文集』(P.162)の中で語っている。

火星の井戸
Mars well／カセイノイド

『風の歌を聴け』(P.058)の主人公「僕」が最も影響を受けた架空の作家、デレク・ハート

Mars well

フィールド（P.113）の作品のひとつ。火星の地表に無数に掘られた「底なしの井戸」に潜った青年のお話。

風の歌を聴け
Hear the Wind Sing ／カゼノウタヲキケ 長

20代最後の年を迎えた主人公「僕」が、1970年の夏を回想して描かれる物語。「僕」は、ジェイズ・バー（P.082）で、友人の「鼠」（P.124）と25メートルプール一杯分ものビールを飲んで過ごしていた。1978年4月1日、村上さんは、神宮球場（P.090）で野球を観戦中に突然小説を書こうと思いたち、真夜中に1時間ずつ、およそ4ヵ月かけて書きあげたという。本処女作で群像新人文学賞（P.068）を受賞。表紙は佐々木マキ（P.078）で、村上さんは「その表紙はどうしても佐々木マキさんの絵でなくてはならなかった」と語っている。1981年に同郷で、芦屋市立精道中学校の後輩にあたる大森一樹監督により映画化された。

講談社、1979年

カティサーク
Cutty Sark

帆船がシンボルマークのスコッチ・ウィスキー。村上作品に最もよく登場するウィスキー（P.046）である。『象工場のハッピーエンド』（P.099）には「カティーサーク自身のための広告」という詩が、『ねじまき鳥クロニクル』（P.124）には中身が空っぽの「カティーサークの贈答用化粧箱」が、『1Q84』（P.043）にはバーで男がカティサークを飲むシーンが登場する。ちなみにラベルに描かれた「カティサーク号」の船首像は、「短い（カティ＝Cutty）」「シュミーズ（サーク＝Sark）」を身にまとった魔女。

カート・ヴォネガット
Kurt Vonnegut 人

初期の村上さんに大きな影響を与えたアメリカの小説家。特に『風の歌を聴け』(P.058) は、短い章立てなど文章の構成が彼の『スローターハウス5』(早川書房) とよく似ている。代表作に『タイタンの妖女』、『猫のゆりかご』、『チャンピオンたちの朝食』(すべて早川書房) など。村上さんは、「愛は消えても親切は残る、と言ったのはカート・ヴォネガットだっけ」と『雨天炎天』(P.048) にも書いている。

蟹
Crabs／カニ 短

シンガポールの海辺の町、小さな蟹料理を専門とする店が舞台。3日間、2人がその店で蟹を食べ続けるというお話。短編「野球場」(P.168) に作中小説として登場した「蟹」のエピソードを実際の作品にしたもので、物語が入れ子構造になっている。英訳版短編集『Blind Willow, Sleeping Woman』(クノップフ社、2006年) で先に発表され、のちに短編集『めくらやなぎと眠る女』(P.163) の中で日本語訳が掲載された珍しい作品。

カーネル・サンダーズ
Colonel Sanders 人 登

ケンタッキーフライドチキン (KFC) の創業者。『海辺のカフカ』(P.048) の中でそっくりな扮装をした謎の人物が登場して、星野くん (P.146) に「入り口の石」のありかを教えた。村上さんは、「僕が読者に伝えたかったのは、カーネル・サンダーズみたいなものは、実在するんだということなんです」と『夢を見るために毎朝僕は目覚めるのです』(P.170) で語っている。

加納クレタ
Kreta Kano／カノウクレタ 短 登

短編のタイトルでもあり、登場人物の名前でもある。山の中の古い一軒家で、姉の加納マルタ (P.060) と暮らしている、一級建築士の

資格を持った、謎の美女。『ねじまき鳥クロニクル』(P.124) にも、同じ名前の姉妹が登場する。短編は、『TVピープル』(P.113) 所収。

加納マルタ
Malta Kano ／カノウマルタ 登

不思議な直感を持ち、水を媒体に使う占い師。加納クレタ (P.059) の姉。いつも赤いビニールの帽子をかぶっていて、報酬は受け取らない。地中海のマルタ島で修行をしていた経験があり、彼の地における水との相性が良かったために「マルタ」を名乗るようになった。

彼女の町と、彼女の緬羊
Her Town and Her Sheep ／カノジョノマチト、カノジョノメンヨウ 短

『羊をめぐる冒険』(P.134) の原形のような物語。下書き的パラレルストーリーとして読むと面白い。舞台は10月の雪がちらつく札幌。作家の「僕」が友人を訪ねて旅行をした時、テレビであまり美人ではない20歳くらいの町役場の職員を見る。そして、彼女の町と、彼女の緬羊に想いを馳せる。『カンガルー日和』(P.062) 所収。

壁と卵
Wall and Egg ／カベトタマゴ

得意の「壁」というモチーフを使った村上さんの名スピーチ。エルサレム賞 (P.050) の授賞式にて、「もしここに硬い大きな壁があり、そこにぶつかって割れる卵があったとしたら、私は常に卵の側に立ちます」と語った。

神の子どもたちはみな踊る
After the Quake ／カミノコドモタチハミナオドル 集

登場人物全員が、1995年に神戸 (P.070) で起きた阪神大震災に間接的に関わっている。雑誌連載時は「地震のあとで」という副題が付いていた連作短編集。以後の作品に出てくる「ある種の圧倒的な暴力」を描いている。収録作品は、「UFOが釧路に降りる」(P.169)、「アイロンのある風景」(P.035)、「神の子どもたちはみな踊る」(P.060)、「タイランド」(P.106)、「かえるくん、東京を救う」(P.056)、「蜂蜜パイ」(P.127)。

新潮社、2000年

神の子どもたちはみな踊る
All God's Children Can Dance ／カミノコドモタチハミナオドル 短

阿佐ヶ谷で母親と暮らしている善也は、帰宅途中、霞ヶ関駅で地下鉄を乗り換える時に「耳

たぶの欠けた男」を目撃し、あとをつける。大学時代、踊り方が「蛙」に似ているからという理由で恋人から「かえるくん」というあだ名を付けられた善也は、辿り着いた野球場で踊りはじめた。2008年、アメリカで映画化された。『神の子どもたちはみな踊る』(P.060)所収。

カラス
crow

『海辺のカフカ』(P.048) に登場する「カラスと呼ばれる少年」は、主人公、田村カフカ (P.108) の頭の中にいる想像上の友達。彼にさまざまなことを語りかけてくる。ちなみに、カフカとはチェコ語で「カラス」をあらわす。

カラマーゾフの兄弟
The Brothers Karamazov ／カラマーゾフノキョウダイ

『罪と罰』と並ぶドストエフスキー (P.116) の最高傑作。村上作品に登場する回数がもっとも多い小説。信仰、死、国家、貧困、家族の関係など、さまざまなテーマを含んでおり村上さんが目指す総合小説と言える。『風の歌を聴け』(P.058) では鼠 (P.124) が『カラマーゾフの兄弟』を下敷きにした小説を書き、『世界の終りとハードボイルド・ワンダーランド』(P.097) では主人公「私」が「兄弟の名前をぜんぶ言える人間がいったい世間に何人いるだろう」とこの小

説について思い出している。

河合隼雄
Hayao Kawai ／カワイハヤオ (人)

心理学者。専門は分析心理学(ユング心理学)。現代を生きることや、物語の可能性をめぐって村上さんと対談した共著『村上春樹、河合隼雄に会いにいく』(P.162) がある。村上さんは、「僕が『物語』という言葉を口にするとき、それをそのまま正確なかたちで――僕が考えるままのかたちで――物理的に総合的に受け止めてくれた人は河合先生以外にはいなかった」と語っている。

川上未映子
Mieko Kawakami ／カワカミミエコ (人)

『乳と卵 (ちちとらん)』で第138回芥川賞を受賞した小説家。『みみずくは黄昏に飛びたつ』(P.159) での村上さんに対するロングインタビューが話題になった。

新潮文庫、1978年

カンガルー通信
The Kangaroo Communiqué ／
カンガルーツウシン 短

主人公の「僕」は、デパートの商品管理課に勤めている26歳。動物園のカンガルーの柵の前である啓示を得て、顧客の苦情に対する返事をカセット・テープに吹き込む。「僕はこの手紙を『カンガルー通信』と名付けました」とテープの声が続く。『中国行きのスロウ・ボート』(P.110) 所収。

カンガルー日和
A Perfect Day for Kangaroos ／
カンガルービヨリ 集

初期短編集の名作として名高い。表紙と挿絵は佐々木マキ (P.078)。真四角で函に入った美しい本。収録作品は、「カンガルー日和」(P.062)、「4月のある晴れた朝に100パーセントの女の子に出会うことについて」(P.083)、「眠い」(P.124)、「タクシーに乗った吸血鬼」(P.107)、「彼女の町と、彼女の緬羊」(P.060)、「あしか祭り」(P.037)、「鏡」(P.056)、「1963／1982年のイパネマ娘」(P.098)、「バート・バカラックはお好き？」(P.128)、「5月の海岸線」(P.071)、「駄目になった王国」(P.108)、「32歳のデイトリッパー」(P.080)、「とんがり焼の盛衰」(P.117)、「チーズ・ケーキのような形をした僕の貧乏」(P.109)、「スパゲティーの年に」(P.096)、「かいつぶり」(P.056)、「サウスベイ・ストラット――ドゥービ

ー・ブラザーズ『サウスベイ・ストラット』のためのBGM」(P.078)。

カンガルー日和
A Perfect Day for Kangaroos ／カンガルービヨリ 短

主人公「僕」と「彼女」は、新聞の地方版でカンガルーの赤ん坊の誕生を知る。ある朝、6時に目覚めると、カンガルー日和であることを確認して動物園へ向かう。英訳版タイトルの「A Perfect Day for Kangaroos」は、J・D・サリンジャー (P.083) の短編小説「A Perfect Day for Bananafish (バナナフィッシュ日和)」に由来する。

消える
disappear ／キエル

村上作品では、女性や猫などの「突然の失踪」や「喪失感」が重要なテーマになっている。しばらくすると誰かがそれを探しはじめて、やがて世界の裏側に入り込んでしまう、というのが村上文学の基本構造。『ねじまき鳥クロニクル』(P.124) をはじめ、『羊をめぐる冒険』(P.134)、『ノルウェイの森』(P.125)、『海辺の

平凡社、1983年

memory

> 消える〜騎士団長殺し

カフカ』(P.048)、『騎士団長殺し』(P.063)に至るまで一貫している。

記憶
memory／キオク

「記憶というのは小説に似ている、あるいは小説というのは記憶に似ている」というセリフが「午後の最後の芝生」(P.072)にあるように、「記憶」は村上作品には欠かせないキーワード。「人間ゆうのは、記憶を燃料にして生きていくものなんやないのかな」は、『アフターダーク』(P.038)に登場するコオロギの言葉。「記憶をどこかにうまく隠せたとしても、深いところにしっかり沈めたとしても、それがもたらした歴史を消すことはできない」は、『色彩を持たない多崎つくると、彼の巡礼の年』(P.084)の沙羅の言葉。

キキ
Kiki⦿

『羊をめぐる冒険』(P.134)、『ダンス・ダンス・ダンス』(P.109)に登場する、耳に特別な力を持つ「僕」のガールフレンド。魔力的なほど完璧な形をした美しい耳を持っていて、耳専門のモデル、出版社のアルバイト校正係、高級コールガールなど、さまざまな仕事をしている。

騎士団長殺し
Killing Commendatore／キシダンチョウゴロシ⦿

妻と別れ、友人の父である日本画家のアトリエを借りて暮らすことになった肖像画家「私」が体験する奇妙な物語。ある日、屋根裏で不思議な絵を見つけたことをきっかけに、謎の男「免色」(P.164)が訪ねてくるようになり、

やがて絵に描かれた身長60センチほどの「騎士団長」がイデア (P.044) として現れる。谷の向かい側の家に住む少女の姿を探して、毎日のように双眼鏡で見るシーンが象徴的で、村上さん曰く、『グレート・ギャツビー』(P.068) へのオマージュも込められているそう。これまでの村上作品に出たモチーフがたくさん使われており、村上ワールドの魅力満載のベストアルバムのような内容となっている。

新潮社、2017年

キズキ
Kizuki 登

『ノルウェイの森』(P.125) に登場する主人公、ワタナベトオル (P.182) の高校時代の親友。高校3年の時、自宅のガレージでガス自殺をした。2010年にトラン・アン・ユン (P.117) 監督により映画化された「ノルウェイの森」では、高良健吾が演じている。

木野
Kino／キノ 短

主人公の木野は、スポーツ用品を販売する会社に勤めているが、妻の浮気で会社を辞めた。

伯母から根津美術館の裏手にある店を借り受け、自分のレコード・コレクションを棚に並べたジャズ・バーを開く。やがて、奇妙な客たちがやって来て、蛇が姿を見せた……。いかにも村上ワールドらしい設定と展開を見せる短編。『女のいない男たち』(P.053) 所収。

キャッチャー・イン・ザ・ライ
The Catcher in the Rye 翻

J・D・サリンジャー (P.083) による青春小説の古典的名作。野崎孝訳による邦訳『ライ麦畑でつかまえて』が有名だが、2003年に村上春樹の新訳版が発売された。主人公である16歳の高校生ホールデン・コールフィールドが、クリスマス直前にペンシルヴァニアの高校を退学させられた日から数日間のことを一人称で語る。ジョン・レノンを射殺した犯人が愛読していた作品としても知られる。

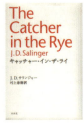

白水社、2003年

京都
Kyoto／キョウト 地

村上さんは、戸籍上は京都の生まれ。生まれてすぐに家族は兵庫県西宮市に引っ越している。『ノルウェイの森』(P.125) で直子 (P.120) が暮らす療養施設「阿美寮」(P.039) は京都の山奥にあるという設定。『村上さんのところ』(P.161) で「京都で最も好きな場所は？」

と聞かれ、山科区にある寺院「毘沙門堂」を
あげている。あと、鴨川沿いを走ることも好
きなのだそう。

極北
Far North／キョクホク 翻

イギリスの作家、マーセル・セロー（P.156）の
小説。文明が崩壊した後、極寒の地シベリア
で命をつなぐ人々の姿を描く近未来小説。全
米図書賞の最終候補となり、フランスのリナ
ペルスュ賞を受賞した。
村上さんは、作者の父に
あたる作家ポール・セロ
ー（P.148）に薦められ、
面白くて一気に読了し、
「これは僕が訳さなくっ
ちゃな」と思ったという。

中央公論新社、2012年

ギリシア
Greece 地

『遠い太鼓』（P.114）には、村上さんが1986～
89年の3年間、イタリアやギリシアに滞在し
た日々が綴られている。エーゲ海にある自分
と同じ名前の「ハルキ島」（P.130）を訪れた
エピソードも。『ノルウェイの森』（P.125）は
ギリシアで執筆されており、『スプートニク
の恋人』（P.096）には、ロードス島近くにある
小さな島が登場する。『雨天炎天』（P.048）に
も聖地アトスをはじめ、ギリシアについて詳
しく書かれている。

空気さなぎ
Air Chrysalis／クウキサナギ

『1Q84』（P.043）の中で、主人公の天吾（P.113）
がリライトするふかえり（P.141）という少女
が書いた物語のタイトル。新人賞をとって爆
発的に売れる。ふかえりは、逃げ出した宗教
団体「さきがけ」（P.078）での体験を書いて
いて、空気さなぎとは、リトル・ピープル
（P.176）が空気中から糸を紡いでつくる、さ
なぎのようなものを指す。

偶然の旅人
Chance Traveler／グウゼンノタビビト 短

ゲイであるピアノの調律師が主人公。毎週火
曜日、アウトレット・モールのカフェで読書

をして過ごしていたが、ある日偶然、隣で同じチャールズ・ディッケンズの『荒涼館』を読んでいた女性に話しかけられる。やがて親しくなるが、調律師は自分がゲイであることを告げる。『東京奇譚集』(P.113) 所収。

国立
Kunitachi ／クニタチ 地

村上さんは、国分寺でピーターキャット (P.133) を経営していた時、よく国立のスーパー紀ノ国屋に買いものに来ていたそう。『CD-ROM版 村上朝日堂 スメルジャコフ対織田信長家臣団』(P.081) で、「国立紀ノ国屋のレジはなぜかとても美人の店員が多くて、それも売りのひとつでした」と思い出を語っている。『スプートニクの恋人』(P.096) の主人公「ぼく」は国立在住で、作中には駅前南口の大学通りなどが描かれている。

熊を放つ
Setting Free the Bears ／クマヲハナツ 親

ベストセラーとなり映画化もされた『ガープの世界』で知られるアメリカの作家、ジョン・アーヴィング (P.089) の処女小説。村上さんが『風の歌を聴け』(P.058) を書き終えた直後に読んで、ひきずりこまれたという。ウィーンの学生グラフとジギーは、バイクで旅に出る。やがて、ジギーが動物園襲撃という奇妙な計画を思いつく。

中央公論新社、1986年

クミコ
Kumiko 登

『ねじまき鳥クロニクル』(P.124) に登場する主人公、岡田亨の妻。本名は岡田久美子で、旧姓は綿谷。雑誌編集者として働き、副業でイラストも描く。ある日、飼っていた猫の失踪をきっかけに姿を消してしまう。

クラシック音楽
Classical Music ／クラシックオンガク

村上さんの作品にはクラシック音楽がたくさん登場し、物語にも深く関わってくる。代表的なもので、『ねじまき鳥クロニクル』(P.124) から、ロッシーニのオペラ「泥棒かささぎ」の序曲。『スプートニクの恋人』(P.096) の、モーツァルトの歌曲「すみれ」。『海辺のカフカ』(P.048) の、ベートーヴェンの「大公トリオ」。『1Q84』(P.043) ではテーマ曲的存在の、ヤナーチェック「シンフォニエッタ」。『色彩を持たない多崎つくると、彼の巡礼の年』(P.084) では、リスト『巡礼の年』より「ル・マル・デュ・ペイ」(P.177) が印象的。

クリス・ヴァン・オールズバーグ
Chris Van Allsburg 人

映画化もされた絵本『ジュマンジ』などで知られるアメリカの絵本作家。アメリカで最も優れた絵本に授与されるコルデコット賞を3度も受賞している。幻想的

な絵には、眺めているだけで物語を成立させてしまう力がある。村上さんは12作品の翻訳を手がけていて、翻訳する前から彼の絵が好きだったそう。

クリスマスの思い出
A Christmas Memory ／クリスマスノオモイデ 翻

トルーマン・カポーティ（P.117）が、少年時代の体験をもとに描いた、僕と60歳の従妹スックと犬のクイーニーで過ごす、ささやかで温かいクリスマス。『おじいさんの思い出』(P.052)、『あるクリスマス』(P.040)に続く、山本容子の銅版画が添えられた「イノセント・ストーリー」シリーズ3作目。

文藝春秋、1999年

クリーニング
cleaning

村上作品において、クリーニングは丁寧な日常生活の象徴。主人公たちは、掃除、洗濯、アイロンかけ(P.035)をテキパキとこなす。『羊をめぐる冒険』(P.134)の主人公は山小屋を6枚もの雑巾を使って丁寧にワックスかけをし、『ノルウェイの森』(P.125)の主人公は大学の寮暮らしにもかかわらず「毎日床を掃き、三日に一度窓を拭き、週に一回布団を干す」という清潔な生活をしている。また、『ねじまき鳥クロニクル』(P.124)では、駅前のクリーニング店から物語がはじまり、主人公のアイロンかけの工程は全部で12もある。

車
car ／クルマ

デビュー作から最新作まで、自動車は村上作品の中に重要な「記号」として登場している。村上さんは、1986年からヨーロッパに3年間滞在した時、車が不可欠になったことで、免許を取得。ランチア・デルタ（P.174）を購入し、運転の面白さに目覚めたという。『海辺のカフカ』(P.048)では、大島さん（P.051）が緑色のマツダ・ロードスターを運転するなど、車のシーンが頻繁に出てくるようになった。

グレイス・ペイリー
Grace Paley 人

戦後アメリカ文学シーンのカリスマ的女性小説家。生前に遺した小説は3冊のみという寡作な作家である。その全作品『人生のちょっとした煩い』(P.090)、『最後の瞬間のすごく大きな変化』(P.078)、『その日の後刻に』(P.100)を村上さんが翻訳している。2007年逝去。

グレート・ギャツビー
The Great Gatsby 翻

村上春樹が生涯で最も影響を受けた小説。スコット・フィッツジェラルド（P.091）による1925年の作品。深い思い入れがあり、村上さんは、60歳になったら翻訳すると宣言していたが、その3年前に実現した。情景描写と心理描写と会話、この3要素のブレンドが完璧で「僕の教科書」と『村上さんのところ』（P.161）でも語っている。『ノルウェイの森』（P.125）の主人公ワタナベの愛読書でもあり、作中で「一ページとしてつまらないページはなかった」と賛美している。

中央公論新社、2006年

クロ
Kuro 登

『色彩を持たない多崎つくると、彼の巡礼の年』（P.084）に登場する主人公つくる（P.107）の高校時代の友人5人組のひとり。黒埜恵里（くろのえり）という名前で、愛称はクロ。現在は結婚してエリ・クロノ・ハアタイネンと名乗り、フィンランド（P.140）で陶芸家として活動している。

群像新人文学賞
Gunzo Prize for New Writers ／
グンゾウシンジンブンガクショウ

第22回群像新人文学賞に『風の歌を聴け』（P.058）が選ばれた。選考委員のひとりである丸谷才一さんは、「村上春樹さんの『風の歌を聴け』は現代アメリカ小説の強い影響の下に出来あがったものです。カート・ヴォネガット（P.059）とか、ブローティガン（P.175）とか、

そのへんの作風を非常に熱心に学んでゐる。その勉強ぶりは大変なもので、よほどの才能の持主でなければこれだけ学び取ることはできません」と評した。

月刊「あしか文芸」
ゲッカンアシカブンゲイ 短

糸井重里（P.045）の『ヘンタイよいこ新聞』（パルコ出版、1982年）に掲載されたショートショート。擬人化された「あしか」の奇妙な日常を描いた作品。ちなみに作中の月刊「あしか文芸」は、月刊誌でも文芸誌でもない雑誌。『村上春樹全作品 1979〜1989 ⑤』所収。

結婚式のメンバー
The Member of the Wedding ／
ケッコンシキノメンバー 翻

アメリカの女性作家カーソン・マッカラーズの小説。村上さんと、柴田元幸（P.085）さんが「もう一度読みたい！」という10作品を新訳・復刊する「村上柴田翻訳堂」シリーズの第1弾。兄の結婚式で人生が変わることを夢見る、アメリカ南部の田舎町に暮らす少女フランキーの物語。村上夫人の陽子さんの昔からの愛読書だったらしい。

新潮文庫、2016年

月曜日は最悪だと
みんなは言うけれど
They Call It Stormy Monday／
ゲツヨウビハサイアクダトミンナハイウケレド 翻

村上さんが、アメリカの雑誌や新聞に発表された文学関連の記事やエッセイのスクラップをまとめた翻訳。レイモンド・カーヴァー（P.177）の作品の編集事情や、ティム・オブライエン（P.112）のヴェトナム訪問記、ジョン・アーヴィング（P.089）の会見記などを収録。タイトルは、ブルースの名曲「ストーミー・マンデー」の歌詞「They call it stormy Monday, but, Tuesday's just as bad」を村上さんが「月曜日は最悪だとみんなは言うけれど、火曜日だって負けずにひどい」と訳した一節から。

中央公論新社、2000年

拳銃
handgun／ケンジュウ

『1Q84』（P.043）で、拳銃をひとつ用意してほしいと頼む青豆（P.035）にタマル（P.108）は次のように言う。「チェーホフがこう言っている。物語の中に拳銃が出てきたら、それは発射されなくてはならない、と。」『海辺のカフカ』（P.048）の登場人物カーネル・サンダーズ（P.059）にも似たセリフがある。「ロシアの作家アントン・チェーホフ（P.042）がうまいことを言っている。『もし物語の中に拳銃が出てきたら、それは発射されなくてはならない』ってな。どういうことかわかるか？」

恋しくて
Ten Selected Love Stories／コイシクテ 翻

村上さん自身が選んで訳した世界のラブ・ストーリーが楽しめる。マイリー・メロイ「愛し合う二人に代わって」、デヴィッド・クレーンズ「テレサ」、トバイアス・ウルフ「二人の少年と、一人の少女」、ペーター・シュタム「甘い夢を」、ローレン・グロフ「L・デバードとアリエット——愛の物語」、リュドミラ・ペトルシェフスカヤ「薄暗い運命」、アリス・マンロー「ジャック・ランダ・ホテル」、ジム・シェパード「恋と水素」、リチャード・フォード「モントリオールの恋人」9編と、村上さんの書き下ろし「恋するザムザ」（P.069）が収められた短編集。

中央公論新社、2013年

恋するザムザ
Samsa in Love／コイスルザムザ 短

「目を覚ましたとき、自分がベッドの上でグレゴール・ザムザに変身していることを彼は発見した」という出だしではじまる、カフカ（P.142）の「変身」のパロディ的小説。村上さんはタイトルができてから話を考えたそうで、「変身」後日譚（のようなもの）を書いた、と語っている。『恋しくて』（P.069）所収。

高円寺
Koenji／コウエンジ 地

『1Q84』（P.043）の主人公、天吾（P.113）が住

んでいる街。また、青豆（P.035）が身を隠すことになる隠れ家がある。1Q84年の世界に入り込んだ天吾が滑り台の上から夜空に浮かぶ2つの月を眺める児童公園は、「高円寺中央公園」がモデルだと言われている。

神戸
Kobe／コウベ ㊉

村上春樹が育った故郷の街。紀行文集『辺境・近境』（P.145）の書き下ろし「神戸まで歩く」では、実家のあった兵庫県西宮市の夙川（しゅくがわ）から神戸・三宮までを2日かけて歩いていて、村上さんの原風景を追体験できる。『風の歌を聴け』（P.058）をはじめ、初期作品によく登場する場所で、映画「風の歌を聴け」の撮影で使われた三宮の「ハーフタイム」は、まさにジェイズ・バー（P.082）そのもの。元町にある「トアロードデリカテッセン」は『ダンス・ダンス・ダンス』（P.109）の主人公が語る本格派「スモーク・サーモンのサンドイッチ」で有名。

神戸高等学校
Kobe High School／コウベコウトウガッコウ

村上さんの出身高校である、兵庫県立神戸高等学校。実は、竹久夢二、白洲次郎、SF作家の小松左京、ソニー創業者の井深大など有名人を多数輩出している名門校。『国境の南、

『太陽の西』(P.072)で「僕」とイズミが、屋上から古いレコードをフリスビーみたいに飛ばすシーンで登場する。

甲村記念図書館
Komura Memorial Library ／コウムラキネントショカン

『海辺のカフカ』(P.048)の主な舞台となる私立図書館。実在しない架空の場所。香川の坂出市にある「鎌田共済会郷土博物館」や、村上さんが一番好きだった図書館と語る「芦屋市立図書館打出分室」あたりからイメージを膨らませたのではないかと思われる。

氷男
Ice Man ／コオリオトコ 短

「私」はスキー場のホテルで出会った氷男と結婚した。ある日、日常を変えようと南極旅行を提案すると、優しかった氷男はすっかり変わってしまい、「私」は日に日に力を失っていってしまう。『レキシントンの幽霊』(P.178)所収。

5月の海岸線
ゴガツノカイガンセン 短

「僕」は、12年ぶりに自分の生まれ育った街に帰る。海の匂いを探して、子どものころに遊んだ海岸を訪れると、海が消えていた。埋め立てられたコンクリートの間に、ひっそりと残された50センチばかりの幅の小さな海岸線を「僕」は眺めた。失われた原風景を探し求める自伝的ストーリーで、『羊をめぐる冒険』(P.134)に吸収された作品。『カンガル

Ice Man

一日和』(P.062) 所収。

国分寺
Kokubunji ／コクブンジ 地

就職せずに国分寺にピーターキャット (P.133) を開いた経緯について、村上さんは『村上朝日堂』(P.160) にこう書いている。「どうして国分寺かというと、そこでジャズ喫茶を開こうと決心したからである。はじめは就職してもいいな、という感じでコネのあるテレビ局なんかを幾つかまわったのだけど、仕事の内容があまりに馬鹿馬鹿しいのでやめた」。「チーズ・ケーキのような形をした僕の貧乏」(P.109) に登場する、村上夫妻が住んでいた「三角地帯」が実在する。

午後の最後の芝生
The Last Lawn of the Afternoon ／ゴゴノサイゴノシバフ 短

「僕」は、彼女から手紙で別れを告げられて何をすればよいのかわからなくて、芝刈りのアルバイトへ行く。夏の描写が鮮やかな初期作品の傑作として名高い。村上夫人の陽子さんも、最も好きな短編小説だと語ってい

る。『中国行きのスロウ・ボート』(P.110) 所収。

五反田君
Gotanda-kun ／ゴタンダクン 登

『ダンス・ダンス・ダンス』(P.109) の主人公「僕」の中学校の同級生で、人気俳優。「僕」にとっては憧れの存在であったが、やがて五反田君の心の奥に隠された孤独と喪失感が明らかになる。事務所の経費を使うためにマセラティ (P.156) に乗っている。

国境の南、太陽の西
South of the Border, West of the Sun ／コッキョウノミナミ、タイヨウノニシ 長

「僕」は「ジャズを流す、上品なバー」を成功させ、裕福で安定した生活を手にする。そして、これはなんだか僕の人生じゃないみたいだなと思った時、小学校の同級生だった島本さん (P.086) が店に現れる。バブル絶頂期の青山 (P.036) 周辺が主な舞台となっている作品。タイトルの「国境の南 (South of the Border)」は、アメリカのポピュラー・ソングからとられた。

講談社、1992年

コーヒー
coffee

コーヒーは村上作品に欠かせない飲みもの。『スプートニクの恋人』(P.096) の「悪魔の汗みたいに濃いエスプレッソ・コーヒー」とい

う一節が特に印象的。ショートショート集『夢で会いましょう』(P.170)には、「コーヒー」という看板の店が登場する作品「コーヒー」がある。ちなみに、村上さんが使っているコーヒーマグは、スイスの土産物店で買ってきたもの。

小径
Komichi／コミチ 人

『騎士団長殺し』(P.063)に登場する主人公の妹で、愛称はコミ。主人公より3つ年下で、『不思議の国のアリス』(P.141)が大好きだった。心臓に先天的疾患があり、12歳でこの世を去っている。

コミットメント
commitment

『風の歌を聴け』(P.058)で小説家としてデビューしたころは、「コミュニケーションの不在」を描き出した「デタッチメント(関わりのなさ)」が作品のテーマだった。その後、8年ほど外国(ヨーロッパとアメリカ)で暮らした村上さんは、「もう個人として逃げ出す必要がない」ことに気づき、作品のテーマも世界と「コミットメント(関わること)」するほうへと転換している。

小指のない女の子
Girl without Little Finger／コユビノナイオンナノコ 登

『風の歌を聴け』(P.058)に登場する小指のない女の子。8歳の時に左手の小指をなくした。双子の妹がいて、神戸(P.070)のレコード店で働いている。

「これだけは、村上さんに言っておこう」と世間の人々が村上春樹にとりあえずぶっつける330の質問に果たして村上さんはちゃんと答えられるのか?
「コレダケハ、ムラカミサンニイッテオコウ」トセケンノヒトビトガムラカミハルキニトリアエズブッツケルサンビャクサンジュウノシツモンニハタシテムラカミサンハチャントコタエラレルノカ? Q

「村上朝日堂ホームページ」に寄せられた読者との交換メールを新たに編集し、台湾、韓国の読者からの質問に答えた未発表回答も収録。『「そうだ、村上さんに聞いてみよう」と世間の人々が村上春樹にとりあえずぶっつける282の大疑問に果たして村上さんはちゃんと答えられるのか?』(P.100)の続編で330の質問を掲載。悩める人生、恋の破局、作品論など、一問一答式で、村上さんの考え方がよくわかる一冊。

朝日新聞社、2006年

『西風号の遭難』
河出書房新社、1985年
夜の海に浮かんだ空飛ぶヨットが、マグリットの絵画のように美しい絵本。

『名前のない人』
河出書房新社、1989年
言葉も記憶も持たない正体不明の男がベイリーさんの農場にやってきて……？

村上春樹が翻訳したオールズバーグの絵本

『急行「北極号」』
河出書房新社、1987年
クリスマスの前夜、少年は不思議な汽車に乗って旅に出る。コルデコット賞受賞作。

『ハリス・バーディックの謎』
河出書房新社、1990年
謎の人物、ハリス・バーディック氏が残した14枚の絵をめぐる物語集。

『魔法のホウキ』
河出書房新社、1993年
突然飛べなくなって魔女に捨てられてしまったホウキが、新たな人生を歩みはじめる。

『まさ夢いちじく』
河出書房新社、1994年
歯科医のビボット氏が手に入れたのは、どんな夢でも叶えてくれる魔法のいちじくだった。

Chris Van Allsburg's Picture Book

『ベンの見た夢』
河出書房新社、1996年

勉強をしていたベンは睡魔に誘われ夢の中へ。絵で夢を読み解くモノクロ絵本。

『いまいましい石』
河出書房新社、2003年

島で発見したある石に夢中になっていく船員たちの変化が、航海日誌で綴られていく。

『２ひきの
いけないアリ』
あすなろ書房、2004年

クリスタル（砂糖）を求めて人の住まいにやってきたアリ視点の危険な旅を描く。

『魔術師アブドゥル・
ガサツィの庭園』
あすなろ書房、2005年

引退した魔術師ガサツィの庭に迷い込んでしまった少年が体験した奇妙なお話。

『さあ、
犬になるんだ！』
河出書房新社、2006年

催眠術師を見た少年が、「さあ、犬になるんだ！」と妹に催眠術をかけてみると？

『白鳥湖』
マーク・ヘルプリン／作
河出書房新社、1991年

有名なバレエ作品「白鳥の湖」をアレンジした童話。オールズバーグの挿絵が美しい。

BAR 村上へようこそ

（言葉を意味で薄めないための「カクテル図鑑」）

村上文学において、言葉はウィスキーであり、ビールであり、カクテルである。
それはいつだって読んだ人を異界へと連れていく魔法の水なのだ。
ジャズ喫茶で培われた村上さんならではの「お酒」の知識が
ふんだんに盛り込まれた巧妙な仕掛けを楽しむように、言葉を飲み干してみよう。

ピナ・コラーダ
『ダンス・ダンス・ダンス』

『ダンス・ダンス・ダンス』で主人公「僕」と美少女のユキが、昼間からワイキキのビーチで飲む、ココナッツの甘みたっぷりのカクテル。ラムをベースにココナッツミルクとパイナップルジュースで割り、砕いた氷と一緒にシェイクする。名前の「Piña Colada」は、スペイン語で「うらごししたパイナップル」という意味。

ギムレット
『風の歌を聴け』

『風の歌を聴け』でグレープフルーツのような乳房をつけ、派手なワンピースを着た女がジェイズ・バーで飲む「ギムレット」。イギリスの軍医ギムレットが、海軍隊の健康のためにジンだけで飲まずライムジュースを混ぜることを提唱したのが起源と言われている。レイモンド・チャンドラー『ロング・グッドバイ』には、「ギムレットには早すぎる」という有名な台詞がある。

トム・コリンズ
『1Q84』

『1Q84』で、青豆が六本木のシングルズバーで適当な男を物色しながら飲んでいたのが、ジンとレモンジュースとソーダで作ったカクテル「トム・コリンズ」。19世紀末、ロンドンのジョン・コリンズという人が考案したと言われている。『ノルウェイの森』の緑も、「僕」を待ちながらDUGで飲んでいた。

column 02 bar

モヒート
『色彩を持たない多崎つくると、彼の巡礼の年』

『色彩を持たない多崎つくると、彼の巡礼の年』で、多崎つくると恋人の沙羅の4度目のデートの時に沙羅が恵比寿のバーで飲んでいたのが、ラムベースでライムジュースとミントが入ったカクテル「モヒート」。キューバのハバナが発祥の地で、『老人と海』で知られる作家のアーネスト・ヘミングウェイが愛したことでも有名なカクテル。

バラライカ
『騎士団長殺し』

『騎士団長殺し』で、免色さんの屋敷に招かれた主人公の「私」が、バカラのグラスで飲むカクテル「バラライカ」。おつまみは、古伊万里の皿に盛ったチーズとカシューナッツ。ウォッカベースのカクテルで、三角形の形をしたロシアの弦楽器「バラライカ」をイメージしている。

シベリア・エキスプレス
『少年カフカ』

『海辺のカフカ』の解説本『少年カフカ』に登場する村上さんのオリジナルカクテル。「正直言って僕はペリエ中毒です。(中略)僕が好きなのは、ウォッカをペリエで割って、そこにレモンを絞る飲み物です。僕はこれを個人的にシベリア・エキスプレスと名づけています」と語る。ウォッカとペリエの爽快感を、シベリア鉄道に見立てた飲みやすいカクテル。

最後の瞬間の
すごく大きな変化
Enormous Changes at the Last Minute ／
サイゴノシュンカンノスゴクオオキナヘンカ 翻

クセのある難解な文体で知られるアメリカのカリスマ女性作家、グレイス・ペイリー（P.067）の17編を収めた短編集。「フェイス」という名のペイリー自身をモデルにした女性の日常が多く描かれている。

文藝春秋、1999年

サウスベイ・ストラット
──ドゥービー・ブラザーズ
「サウスベイ・ストラット」
のための BGM
South Bay Strut - Dobie Brothers
BGM for "South Bay Strut" ／
サウスベイ・ストラット──ドゥービー・ブラザーズ
「サウスベイ・ストラット」ノタメノビージーエム 短

私立探偵が主人公の、レイモンド・チャンドラー（P.177）に捧げるオマージュ的作品。舞台となる南カリフォルニアの「サウスベイ・シティー」は、チャンドラーの小説に登場する「ベイ・シティー」のパロディ。タイトルは副題にもなっているドゥービー・ブラザーズの曲名から。『カンガルー日和』（P.062）所収。

佐伯さん
Saeki-san ／サエキサン 登

『海辺のカフカ』（P.048）に登場する高松の甲村記念図書館（P.071）の館長で、40代半ばくらいに見える女性。19歳の時に恋人のことを歌った自作の曲「海辺のカフカ」が大ヒットしたことがある。田村カフカ（P.108）が、母親かもしれないと考えている。

さきがけ
Sakigake ／サキガケ

『1Q84』（P.043）に登場する山梨県に本部がある宗教団体。カルト教団的な組織で、オウム真理教を彷彿させる設定。リーダー深田保の娘は、小説『空気さなぎ』（P.065）の作者で17歳の美少女、ふかえり（P.141）。

佐々木マキ
Maki Sasaki ／ササキマキ 人

マンガ家、絵本作家、イラストレーター。雑誌「ガロ」でデビューし、前衛的なマンガで革命を起こす。村上さんのデビュー作『風の歌を聴け』（P.058）以来、『1973年のピンボール』（P.097）、『羊をめぐる冒険』（P.134）、『ダンス・ダンス・ダンス』（P.109）と初期の「僕と鼠4部作」と短編集3冊をあわせた計7冊の装画を担当、村上文学の世界観をともに築き上げた。「羊男」（P.134）が登場する絵本『羊男のクリスマス』（P.134）や『ふしぎな図

『佐々木マキ アナーキーなナンセンス詩人』
佐々木マキ／著
小原央明／編
河出書房新社、1988年

書館』(P.141) も共作している。村上さんは大学時代、佐々木マキ作の「ビートルズ・フェスティバルの黄色い巨大なポスター」をずっと自分の部屋に飾っていたほどの大ファンで、最初の小説の表紙はどうしても佐々木さんに描いてもらいたかったと語っている。

ささやかだけれど、役にたつこと
A Small, Good Thing ／
ササヤカダケレド、ヤクニタツコト 翻

レイモンド・カーヴァー (P.177) の短編小説。誕生日の事故で息子を亡くした夫婦と、その息子の名前を入れたバースデイ・ケーキを注文されたまま忘れられたパン屋の主人との、心のふれあいを描いた作品。村上さんの造語として知られる「小確幸」(P.088) は、この作品の原題「A Small, Good Thing」に由来している。

中央公論社、1989年

'THE SCRAP' 懐かしの一九八〇年代
The Scrap ／
ザスクラップ
ナツカシノセンキュウヒャクハチジュウネンダイ 工

1980年代の思い出をスクラップブックのようにまとめたエッセイ集。マイケル・ジャクソンのそっくりショーをやる人、映画「スター・ウォーズ／ジェダイの復讐」を3回も観た話、東京のコーヒー・ショップ巡り、安西水丸 (P.042) さんとの開園直前の東京ディズニーランドレポートなど、懐かしい話題が日記のように書かれている。装丁は和田誠 (P.183)。

文藝春秋、1987年

ザ・スコット・フィッツジェラルド・ブック 工 翻

村上さんが、敬愛する作家、スコット・フィッツジェラルド (P.091) のことを少しでも多くの人に知ってもらおうと、彼に関する文章をまとめたもの。ゆかりの町を訪ねる紀行文や、スコットの妻ゼルダの伝記など。新たな翻訳短編も2編掲載。

TBSブリタニカ、1988年

Sudden Fiction 超短編小説70
Sudden Fiction ／
サドン・フィクション
チョウタンペンショウセツナナジュウ 翻

アメリカの作家の「ショートショート」を集めた短編集。ここでは「いきなり」という意味の「sudden（サドン）」ストーリーとしてまとめられている。アーネスト・ヘミングウェイから、レイモンド・カーヴァー (P.177)、レイ・ブラッドベリ、グレイス・ペイリー (P.067) まで、名作がぎっしり70編も詰まっている。

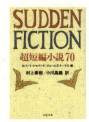

ロバート・シャパード、ジェームズ・トーマス／編
村上春樹、小川高義／訳
文藝春秋、1994年

さよなら、愛しい人
Farewell, My Lovely ／
サヨナラ、イトシイヒト 翻

レイモンド・チャンドラー (P.177) のハードボイルド小説『さらば愛しき女よ』を村上さんが新訳。私立探偵フィリップ・マーロウが主人公の長編シリーズ2作目。村上さんはあとがきで、チャンドラーのベスト3を選べといわれたら、多くの人が『ロング・グッドバ

イ』(P.180)、『大いなる眠り』(P.051)、『さよなら、愛しい人』を選ぶのではないか、僕も同じだと書いている。

早川書房、2009年

さよならバードランド
あるジャズ・ミュージシャンの回想
From Birdland to Broadway: Scenes from a Jazz Life／
サヨナラバードランド
アルジャズミュージシャンノカイソウ 翻

モダンジャズ黄金時代の1950年代、ニューヨークを渡り歩いたジャズ・ベーシストでジャズ評論家のビル・クロウによる自伝的交遊記。デューク・エリントン(P.112)からサイモン＆ガーファンクルまでが登場。村上さんによる超詳細レコード・ガイドが付いている。

新潮社、1996年

サラダ好きのライオン
村上ラヂオ3
Murakami Radio 3／
サラダズキノライオン ムラカミラヂオ3 エ

村上春樹×大橋歩(P.051)のゆるくて魅力的なエッセイ集「村上ラヂオ」シリーズ第3弾。仕事場のソファーで毎日昼寝をしていることや、オムレツを毎朝作っていること、猫に名前をつけるのは難しいという話や、アメリカのお気に入りのジャズ・クラブについてなど、いつもながら猫と音楽と料理の話が多い。「いわゆる新宿駅装置」では、『色彩を持たない多崎つく

マガジンハウス、2012年

ると、彼の巡礼の年』(P.084)の舞台となった新宿駅について書いている。

猿の檻のある公園
サルノオリノアルコウエン

『風の歌を聴け』(P.058)の中で、「僕」と「鼠」(P.124)が泥酔して黒塗りのフィアット600(P.140)で突っ込んだ、猿の檻のある公園。村上さんが好きで通っていた旧・芦屋市立図書館(現・芦屋市立図書館打出分室)の隣にある「打出公園」がモデルだと思われる。

32歳のデイトリッパー
サンジュウニサイノデイトリッパー 短

「デ——イ・エイ・トリッパー」というフレーズが耳に残る「デイトリッパー」は、ビートルズ(P.135)11作目のアルバム『イエスタデイ・アンド・トゥデイ』に収録されている曲。32歳の僕と、18歳の「せいうち」のようにかわいい彼女のたわいのない会話が描かれた短編。『カンガルー日和』(P.062)所収。

さ

サンドウィッチ～CD-ROM版村上朝日堂 スメルジャコフ対織田信長家臣団

サンドウィッチ
sandwich

村上さんが、ジャズ喫茶「ピーターキャット」(P.133) で毎日作っていた定番料理で、とても美味しいと人気だったという。作中にもたびたび登場し、主人公たちも強いこだわりを持っている。『ダンス・ダンス・ダンス』(P.109) では「僕」が「紀ノ国屋のバター・フレンチがスモーク・サーモンのサンドイッチにはよくあうんだ」と語り、『世界の終りとハードボイルド・ワンダーランド』(P.097) では「私」が、ピンクの服の女の子 (P.136) の作ったキュウリとハムとチーズのサンドウィッチを食べて「そのサンドウィッチは私の定めた基準線を軽くクリアしていた。パンは新鮮でありがあり、よく切れる清潔な包丁でカットされていた」と誉めるシーンがある。

死
death／シ

『ノルウェイの森』(P.125) の中に、「死は生の対極としてではなく、その一部として存在している」という有名な一文があるように、村上作品には「死」に関する言葉が多く登場する。『ねじまき鳥クロニクル』(P.124) で、笠原メイ (P.057) が「人が死ぬのって、素敵よね」と発言したり、『1Q84』(P.043) では、タマル (P.108) の「人間にとって死に際というのは大事なんだよ。生まれ方は選べないが、死に方は選べる」など名台詞が多い。

CD-ROM版村上朝日堂
スメルジャコフ対織田信長家臣団
シーディーロムバンムラカミアサヒドウ
スメルジャコフタイオダノブナガカシンダン Q

読者からのメールとそれに対する返事をまと

めた「村上朝日堂ホームページ」のCD-ROM版2作目。スメルジャコフは、ドストエフスキー（P.116）の小説『カラマーゾフの兄弟』（P.061）の登場人物。「小説は10稿までマラソン的書き直し」をするとか、「短編小説をうまく書くコツは、3日で書き上げること」など、村上さんの創作姿勢がうかがえる興味深い内容となっている。

朝日新聞社、2001年

CD-ROM版村上朝日堂 夢のサーフシティー
シーディーロムバンムラカミアサヒドウ ユメノサーフシティー ⓐ

「村上朝日堂ホームページ」CD-ROM版の1作目。「夢のサーフシティー」とは、アメリカのミュージシャン、ジャン&ディーンの伝記映画「Deadman's Curve」の邦題から。本書の最後で村上さんは「インターネットで文体や小説が変わっていく」と鋭い指摘をしている。

朝日新聞社、1998年

ジェイ
J ⓐ

『風の歌を聴け』（P.058）に登場するジェイズ・バー（P.082）の中国人バーテンダー。『1973年のピンボール』（P.097）、『羊をめぐる冒険』（P.134）の中でも、主人公である「僕」の相談相手として登場する。

ジェイズ・バー
J's Bar

中国人バーテンダーのジェイ（P.082）が経営する店。『風の歌を聴け』（P.058）で主人公の「僕」と「鼠」が、25メートルプール一杯ほどのビールを飲み、店の床に5センチもの殻が積もるほどピーナッツを食べたところ。大森一樹監督の映画「風の歌を聴け」では、撮影に使った神戸（P.070）のバー「ハーフタイム」（P.129）で、実際にピーナッツの殻をびっしり床に敷き詰めたという。

ジェイ・ルービン
Jay Rubin ⓐ

ハーバード大学名誉教授で日本文学研究者、翻訳家。特に村上作品の翻訳者として世界的に知られる。短編「象の消滅」（P.100）をはじめ、『ノルウェイの森』（P.125）、『ねじまき鳥クロニクル』（P.124）、『アフターダーク』（P.038）、『1Q84』（P.043）を翻訳した。著書に『ハルキ・ムラカミと言葉の音楽』（新潮社）、『村上春樹と私』（東洋経済新報社）などがある。村上さんは、エルサレム賞（P.050）での受賞スピーチ原稿の翻訳をルービンさんに頼んでいたりして、非常に親交が深い。

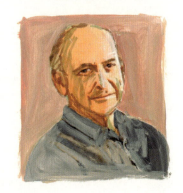

シェエラザード
Scheherazade 短

「私の前世はやつめうなぎだったの」。何らかの理由で身を隠すことになった主人公の羽原は、性交するたびに不思議な話を聞かせてくれる女を『千夜一夜物語』の王妃と同じようにシェエラザードと名付けた。村上作品には珍しく「北関東の地方小都市」にある、どこ

かの町が舞台の奇妙な物語。『女のいない男たち』(P.053)所収。

シェル・シルヴァスタイン
Shel Silverstein Ⓒ

ビッグ・オーが自分探しをする『ぼくを探しに』や、リンゴの木と少年の友情を描いた『おおきな木』(P.051)で知られるアメリカの作家、イラストレーター、シンガーソングライター。1976年に本田錦一郎が翻訳した『おおきな木』を、2010年に村上さんが翻訳し直したことが話題になった。

J・D・サリンジャー
Jerome David Salinger ／
ジェローム・デイヴィッド・サリンジャー Ⓒ

『ライ麦畑でつかまえて』(P.174)で知られるアメリカを代表する小説家。村上さんは、この作品を『キャッチャー・イン・ザ・ライ』(P.064)というタイトルで新訳し、ベストセラーになった。『ノルウェイの森』(P.125)では、レイコさん(P.177)がワタナベ君に向かって「あなたって何かこう不思議なしゃべり方するわねえ(中略)あの『ライ麦畑』の男の子の真似してるわけじゃないわよね」と発言。村上さんは、『翻訳夜話2 サリンジャー戦記』(P.149)の中で、サリンジャーの『フラニーとズーイ』(P.142)を関西弁で訳してみたいとも語っている。

4月のある晴れた朝に100パーセントの女の子に出会うことについて
On Seeing the 100% Perfect Girl One Beautiful April Morning ／
シガツノアルハレタアサニヒャクパーセントノオンナノコニデアウコトニツイテ 短

題名の通り、「4月」のある晴れた朝、原宿の裏通りで「僕」が100パーセントの女の子とすれ違う、というささやかな日常のひとコマを描いたお話。『1Q84』(P.043)は、この短編から派生した物語であると、村上さんは「ニューヨーク・タイムズ」紙のインタビューに答えている。1983年には室井滋が出演する「100％の女の子」として映画化された。

鹿と神様と聖セシリア

シカトカミサマトセントセシリア 短

「早稲田文学」1981年6月号に発表されたまま、どこにも収録されていない幻の作品。小説がうまく書けないでいる小説家が登場する、私小説的短編。

色彩を持たない多崎つくると、彼の巡礼の年

Colorless Tsukuru Tazaki and His Years of Pilgrimage／シキサイヲモタナイタザキツクルト、カレノジュンレイノトシ 長

名古屋在住の仲良し5人組は、アカ（P.036）・アオ（P.035）・シロ（P.090）・クロ（P.068）と仲間を色で呼び合っていたが、唯一、多崎つくる（P.107）だけが名前に色が入っていなかった。そんなつくるは、大人になったある日、恋人の木元沙羅に薦められ、友人たちに再会する巡礼の旅に出る。高校時代の親友だった男女4人から突然絶縁されたつくるの喪失と回復を描く、中国の五行思想的な成長物語。作中に登場する「巡礼の年」は、ロシアのピアニスト、ラザール・ベルマン（P.174）が演奏するフランツ・リスト（P.143）のピアノ独奏曲集のこと。

文藝春秋、2013年

シドニー！

Sydney! 紀

2000年に開催されたシドニー・オリンピック23日の現地レポート。オーストラリアという大陸の特殊性にも触れられていて、紀行本として楽しめる観戦記。村上さんは、「これほど短期間にこれほど大量の完成原稿を書いたのは、作家になって二十数年、初めてのことだった」と語って

文藝春秋、2001年

いる。文庫版では、「コアラ純情篇」と「ワラビー熱血篇」の上下巻にわかれている。

シドニーのグリーン・ストリート
Green Street in Sydney 短

シドニーのグリーン・ストリート（緑通り）に事務所を構える私立探偵の「僕」は、羊男（P.134）から、羊博士にとられた右の耳をとりかえしてもらいたいと依頼を受ける。絵本作家、飯野和好の挿絵が入った童話のような物語。タイトルは、映画「カサブランカ」や「マルタの鷹」に出演している俳優、シドニー・グリーンストリートの名前から。後に、若い読者に向けた短編集『はじめての文学 村上春樹』（P.126）にも収録された。『中国行きのスロウ・ボート』（P.110）所収。

品川猿
A Shinagawa Monkey／シナガワザル 短

主人公の安藤みずきは、1年前からときどき

自分の名前が思い出せなくなる。品川区役所の「心の悩み相談室」に通い、カウンセラーに相談していくうちに、それは名前を盗む「猿」の仕業だと判明する。そして名前とともに心の闇も戻ってくるという、世にも奇妙な猿の物語。『東京奇譚集』（P.113）所収。

柴田元幸
Motoyuki Shibata／シバタモトユキ 人

アメリカ文学研究者、翻訳家。ポール・オースター、エドワード・ゴーリー、チャールズ・ブコウスキーなどの翻訳者として知られている。責任編集による文芸雑誌「モンキービジネス」（ヴィレッジブックス）や「MONKEY」（スイッチ・パブリッシング）で、現代アメリカ文学を紹介している。村上さんとは『熊を放つ』（P.066）で翻訳の手伝いをしてから親交を深めるように。共著に『翻訳夜話』（P.149）、『翻訳夜話2 サリンジャー戦記』（P.149）がある。CDブック『村上春樹ハイブ・リット』（P.162）の総合監修も担当。

渋谷
Shibuya／シブヤ 地

村上作品にしばしば登場する若者の街。特に、『アフターダーク』（P.038）の主な舞台となっていて、渋谷のスクランブル交差点やデニーズ、ラブホテル街が登場する。『ダンス・ダンス・ダンス』（P.109）では、「僕」が渋谷で映

画を観た後にあてもなく街を歩き回ったり、『1Q84』(P.043)では、青豆(P.035)が渋谷駅のコインロッカーに荷物を預けた後、公園通りを上がった先のホテルで男を暗殺したりしている。

島本さん
Shimamoto-san／シマモトサン 登

『国境の南、太陽の西』(P.072)に登場する、主人公「僕」の幼なじみの女性。小学生の時に転校してきた左足を軽く引きずっている女の子で、お互い「一人っ子」だったことから親しくなった。昔から青い服を好んで着ている。ジャズバーのオーナーになった「僕」と36歳の時に再会するものの、その後、突然消えてしまう謎の多い存在。

ジャガー
Jaguar

気品がありながらも、セクシーでスポーティなイギリスの高級自動車メーカー。『スプートニクの恋人』(P.096)では、すみれ(P.096)が恋に落ちた洗練された韓国人女性ミュウ(P.160)が、12気筒の濃紺のジャガーに乗っていた。『騎士団長殺し』(P.063)では、お金持ちの免色(P.164)さんが2台のジャガーを所有している。

ジャズ
jazz

村上作品には数多くのジャズが登場するが、村上さんは、デビュー前はジャズ雑誌に原稿

を書いたりもしていた。1974年、陽子夫人とともにジャズ喫茶「ピーターキャット」(P.133)を開業する前は、水道橋のジャズ喫茶「スウィング」で夫婦そろってアルバイトをしていたこともある。群像新人文学賞(P.068)を受賞した時の雑誌の記事には、村上さんは、「レコード三千枚所有のジャズ喫茶店店主」、異色新人の登場と紹介されている。

ジャズ・アネクドーツ
Jazz Anecdotes ㊟

1950年代にニューヨークで活躍したジャズ・ベーシスト、ジャズ評論家のビル・クロウが、業界の裏話をまとめた一冊。ルイ・アームストロングがライバルをノックアウトしたり、ビリー・ホリデイがバスの中で大もうけしたエピソードなど、アネクドーツ（逸話・秘話）がたくさん。村上さんは、読んでいて何度も大笑いしたそう。

新潮社、2005年

ジャン＝リュック・ゴダール
Jean-Luc Godard ㊟

ヌーヴェル・ヴァーグを代表するフランスの映画監督。村上さんは、高校時代に神戸のアートシアターでゴダールを見まくったという。

メールで交流できる期間限定サイト「村上さんのところ」で、村上さんは、「ゴダール作品を3つ選ぶなら」という読者の質問に対して「女と男のいる舗道」、「恋人のいる時間」、「アルファヴィル」と答えている。短編「チーズ・ケーキのような形をした僕の貧乏」(P.109)には、「僕」と妻が「三角地帯」に住むことについて、「コミュニケーションの分断というか、すごくジャン＝リュック・ゴダール風だ」と語っている。

十二滝町
Jyunitaki-cho／ジュウニタキチョウ

『羊をめぐる冒険』(P.134)に登場する架空の町。札幌から北へ260キロ、日本で第3位の赤字路線、12の滝があるなどの描写から、旭川(P.037)の北にある美深町(P.136)の仁宇布(にうぷ)地区がモデルになったと思われる。羊を飼育する松山農場の民宿「ファームイン・トント」では、毎年、村上春樹の草原朗読会を開催。世界中からムラカミファンが訪れる名所となっている。

シューベルト
Franz Schubert ㊟

『意味がなければスイングはない』(P.045)によると、村上さんが数あるシューベルトのピアノ・ソナタの中でもっとも愛好している作品が、「ピアノソナタ第十七番ニ長調D850」。長くてけっこう退屈と言いながら、「奥深い精神のほとばしりがある」と語っている。『海辺のカフカ』(P.048)では、大島さん(P.051)が、

「フランツ・シューベルトのピアノ・ソナタを完璧に演奏することは、世界でいちばんむずかしい作業のひとつだ（中略）とくにこのニ長調のソナタはそうだ。とびっきりの難物なんだ」とこの曲について話す場面がある。

小確幸
A Small, Good Thing ／ショウカッコウ

村上さんによる「小さくても確かな幸せ」という意味の造語。『うずまき猫のみつけかた』（P.047）に登場する。村上さんは、「生活の中に個人的な『小確幸』（小さいけれども、確かな幸福）を見出すためには、多かれ少なかれ自己規制みたいなものが必要とされる。たとえば我慢して激しく運動した後に飲むきりきり冷えたビールみたいなもので、『うーん、そうだ、これだ』と一人で目を閉じて思わずつぶやいてしまうような感興、それがなんといっても『小確幸』の醍醐味である」と語っている。ちなみに台湾では、この言葉が定着するほど流行した。

少年カフカ
Kafka on the Shore Official Magazine ／ショウネンカフカ ㊀

『海辺のカフカ』（P.048）ができるまでの記録や読者からのメール1220通をまとめた少年漫画雑誌のような本。安西水丸（P.042）さんと行く製本工場の見学記、装丁のボツ案、海辺のカフカグッズ一覧など、貴重な創作の全記録が収録されている。

新潮社、2003年

職業としての小説家
A Novelist as a Profession ／ショクギョウトシテノショウセツカ ㊁

小説家としてデビューしてから現在までの記録をまとめた自伝的エッセイ。文学賞について、オリジナリティーについて、長編小説の書き方や文章を書き続ける姿勢など、これまで語られることがなかった貴重な内容が詰まった一冊。自作について、「自己治癒」の側面が強かったと語っていたり、興味深い発言も多い。表紙の写真はアラーキーこと荒木経惟が撮影した。

スイッチ・パブリッシング
2015年

書斎奇譚
ショサイキタン ㊂

雑誌「ブルータス」1982年6月1日号に掲載された、全集でしか読めない珍しい短編。老作家の原稿を受け取りに行った編集者の「僕」は、いつもは人前に出ない先生から書

斎に入るように言われ……。ホラーのようなショートショート作品。『村上春樹全作品 1979〜1989 ⑤』所収。

ジョージ・オーウェル
George Orwell 人

指導者の豚が独裁者となる『動物農場』や、ディストピアを描いた『1984年』で知られるイギリスの作家で、ジャーナリスト。『1Q84』(P.043) は、『1984年』へのオマージュ的作品とも言われている。

ジョニー・ウォーカー
Johnnie Walker 登

『海辺のカフカ』(P.048) に登場するウィスキーのラベルの人物に扮した男。近所にいる猫をさらっては殺している。主人公、田村カフカ(P.108)の父親と思われる。元は、スコッチ・ウィスキーの世界的な有名ブランド。

ジョン・アーヴィング
John Irving 人

『ガープの世界』、『ホテル・ニューハンプシャー』、『サイダーハウス・ルール』などで知られるアメリカの小説家。処女作である『熊を放つ』(P.066) を村上さんが翻訳した。『ホテル・ニューハンプシャー』に登場する、熊の毛皮をかぶった引きこもりがちの女の子、スージーは、もしかしたら「羊男」(P.134) のモデルなのかもしれない。

ジョン・コルトレーン
John Coltrane 人

アメリカのモダンジャズの巨人として知られるサックス奏者。ミュージカル「サウンド・オブ・ミュージック」の曲で、JR東海「そうだ 京都、行こう。」のCM曲としても知られる「マイ・フェヴァリット・シングス」の演奏が有名である。田村カフカ(P.108) 少年が、森に入り込んでいくシーンで流れる。コルト

レーンは、『ノルウェイの森』(P.125) や、『ダンス・ダンス・ダンス』(P.109) でもたびたび登場する。

シロ
Shiro 登

『色彩を持たない多崎つくると、彼の巡礼の年』(P.084) に登場する主人公つくる (P.107) の高校時代の友人5人組のひとり。白根柚木（しらねゆずき）という名前で、愛称はシロ。内気だけど、とびっきりの美人。ピアノが得意で、リスト (P.143) の曲「ル・マル・デュ・ペイ」(P.177) をよく弾いていた。

新海誠
Makoto Shinkai ／シンカイマコト 人

大ヒットした「君の名は。」で知られるアニメーション映画監督、小説家。村上作品の愛読者で、「逃れようのない影響を受けている」と語っている。はじめて読んだ作品は『ノルウェイの森』(P.125) で、初期の短編集は今でもくり返し読んでおり、独特な描写に惹かれるという（学研ムック『村上春樹を知りたい。』2013年刊より）。

神宮球場
Jingu Stadium ／ジングウキュウジョウ

1978年、村上さんが29歳の時、小説を書くことを思い立った記念すべき場所。神宮球場の外野席の芝生に寝そべってヤクルト対広島戦を観戦中、ヤクルトの先頭打者のデイブ・ヒルトンが左中間に二塁打を打った瞬間だったという。

新宿
Shinjuku ／シンジュク 地

村上作品にもっとも多く登場する街のひとつ。村上さんは、学生時代は新宿のレコード屋さんでアルバイトをしていたそう。『1Q84』(P.043) の天吾 (P.113) をはじめ、主人公たちが最もよく訪れる書店は、間違いなく紀伊國屋書店新宿本店である。『ノルウェイの森』(P.125) ではジャズ喫茶「DUG」(P.106) でお酒を飲むシーンが、『ねじまき鳥クロニクル』(P.124) では西新宿の高層ビル街のベンチのことが書かれ、『色彩を持たない多崎つくると、彼の巡礼の年』(P.084) では巨大な新宿駅が重要な役割を持っている。

人生のちょっとした煩い
The Little Disturbances of Man ／ジンセイノチョットシタワズライ 翻

生涯で3冊しか発表しなかったアメリカ文学界のカリスマ、グレイス・ペイリー (P.067) が1959年に発表した処女作。10編を収録した

短編集。日常生活をユーモラスに切り取った作品や、ちょっと不思議なできごとが独特な文体で描かれている。家事や育児の合間に台所で書いた作品というだけあって、村上さんがキッチンで書いていたという初期の作品にも通じる魅力がある。

文藝春秋、2005年

心臓を貫かれて
Shot in the Heart／
シンゾウヲツラヌカレテ 翻

アメリカのユタ州で2人の青年を撃ち殺し、自分の死刑を要望したことで有名になった殺人者、ゲイリー・ギルモア。その弟で、音楽ライターのマイケル・ギルモア（P.154）が書いたノンフィクション。家庭内暴力、児童虐待など、自らの生まれ育ってきた環境を語りつくす衝撃の作品。1994年頃に翻訳され、当時執筆していた『ねじまき鳥クロニクル』（P.124）や、その後の『アンダーグラウンド』（P.042）に影響を及ぼした重要な一冊。

文藝春秋、1996年

スガシカオ
Shikao Suga 人

エッセイ集『意味がなければスイングはない』（P.045）の「スガシカオの柔らかなカオス」という章では、特徴的なメロディーラインや歌詞について、熱くその魅力が解説されている。実際に、車の中でいつも聴いているほどファンらしく、アルバム「THE LAST」のライナーノーツは村上さんが書いている。『アフターダーク』（P.038）の中では、セブン-イレブンで「バクダン・ジュース」という曲が流れる場面もある。

スコット・フィッツジェラルド
Francis Scott Fitzgerald 人

村上さんが最も強い影響を受けたアメリカの作家。小説家としての自分の位置を見定めるための「ひとつの規範・基準」となる特別な存在だと、『ザ・スコット・フィッツジェラルド・ブック』（P.079）で語っている。「これまでの人生で巡り会ったもっとも重要な本を三冊あげろ」と言われたら、考えるまでもなく彼の『グレート・ギャツビー』（P.068）が一番で、後は『カラマーゾフの兄弟』（P.061）と『ロング・グッドバイ』（P.180）だという。『マイ・ロスト・シティー』（P.154）、『ザ・スコット・フィッツジェラルド・ブック』（P.079）、『バビロンに帰る ザ・スコット・フィッツジェラルド・ブック2』（P.128）、『冬の夢』（P.142）で村上さんが翻訳した作品が読める。

「風の歌を聴け」

映画公開：1981年　製作国：日本　監督：大森一樹　出演：小林薫、真行寺君枝、巻上公一、室井滋ほか

キングレコード

「森の向う側」

映画公開：1988年　製作国：日本　原作：「土の中の彼女の小さな犬」　監督：野村惠一　出演：きたやまおさむ、一色彩子ほか

バンダイ・ミュージックエンタテインメント

「100%の女の子／パン屋襲撃」

映画公開：1982年　製作国：日本　原作：「4月のある晴れた朝に100パーセントの女の子に出会うことについて」、「パン屋襲撃」　監督：山川直人　出演：室井滋ほか

JVD

映画化された村上春樹

（ささやかだけど映像で翻訳されること）

　映像化するのが難しいと言われてきた村上ワールド。1980年代には『風の歌を聴け』や短編「土の中の彼女の小さな犬」、「4月のある晴れた朝に100パーセントの女の子に出会うことについて」、「パン屋襲撃」が映画化されたが、その後何年も映像化作品があらわれなかった。しかし、2005年にイッセー尾形と宮沢りえが主演した映画「トニー滝谷」が海外で評価され、スイスのロカルノ国際映画祭で審査員特別賞など3賞を受賞。さらに、2010年に映画「ノルウェイの森」が公開され大きな話題になった。以降、「神の子どもたちはみな踊る」、「パン屋再襲撃」などが外国で映画化される逆輸入状態が続いている。2018年は、日本で短編「ハナレイ・ベイ」、韓国で短編「納屋

column 03 movie

「トニー滝谷」
映画公開：2005年　製作国：日本　監督：市川準　出演：イッセー尾形、宮沢りえほか

ジェネオンエンタテインメント

「ノルウェイの森」
映画公開：2010年　製作国：日本　監督：トラン・アン・ユン　出演：松山ケンイチ、菊地凛子、水原希子、玉山鉄二ほか

ソニー・ピクチャーズエンタテインメント

「パン屋再襲撃」
映画公開：2010年　製作国：メキシコ・アメリカ　監督：カルロス・キュアロン　出演：キルステン・ダンスト、ブライアン・ジェラティ

BN Films

「神の子どもたちはみな踊る」
映画公開：2010年　製作国：アメリカ　監督：ロバート・ログヴァル　出演：ジョアン・チェン、ジェイソン・リュウほか

Happinet

を焼く」の映画化が決まり、今後さらなる盛り上がりを見せそうである。

　ちなみに村上さんの翻訳した小説の映像化作品も多数ある。有名どころでは、『グレート・ギャツビー』を原作とした映画「華麗なるギャツビー」（ロバート・レッドフォード主演の1974年版、レオナルド・ディカプリオ主演の2013年版など）や、オードリー・ヘップバーン主演の「ティファニーで朝食を」。他にも、レイモンド・カーヴァーの9編の短編と詩が元になった映画「ショート・カッツ」や、レイモンド・チャンドラーの「三つ数えろ」（原作：『大いなる眠り』）、「さらば愛しき女よ」、「ロング・グッドバイ」などがあるので、本と読み比べてみるのもおすすめ。

Star Wars

スター・ウォーズ
Star Wars

エッセイ集『'THE SCRAP' 懐かしの一九八〇年代』(P.079) には、「スター・ウォーズ／ジェダイの復讐」を3回も映画館に観に行ったことが書かれている。村上さんは「ムゴーーーォ」とか「アグーーー」とかでたいていの用を済ます「チューバッカ」が可愛いといい、「その程度のヴォキャブラリィで用がたせて、あとは帝国軍と時折空中戦をやりながら人生が送れたらどれほど幸せであろうかと思う」と語っている。『映画をめぐる冒険』(P.049) では「スター・ウォーズ／帝国の逆襲」で帝国軍に追われて宇宙を逃げのびていく様子が『平家物語』(P.145) のようだと表現している。また、『羊をめぐる冒険』(P.134) の中に、主人公が行きつけのスナックで、メイナード・ファーガソンの「スター・ウォーズ」を聴きながらコーヒーを飲むシーンがある。

スターバックス コーヒー
Starbucks Coffee

アメリカのシアトルで生まれた世界的に人気のコーヒーチェーン店。『アフターダーク』(P.038) の会話の中に「スターバックスのマキアート」が登場して以来、たびたび作品に書かれている。『色彩を持たない多崎つくると、彼の巡礼の年』(P.084) で名古屋に帰郷した多崎つくる (P.107) が、アオ (P.035) と待ち合わせする場所であり、また『騎士団長殺し』(P.063) にも「スターバックスのコーヒーを紙コップで飲むことを誇りとするような若い連中」という台詞がある。

スタン・ゲッツ
Stan Getz 👤

「僕はこれまでにいろんな小説に夢中になり、いろんなジャズにのめりこんだ。でも僕にとっては最終的にはスコット・フィッツジェラルド（P.091）こそが小説（the Novel）であり、スタン・ゲッツこそがジャズ(the Jazz)であった」と『ポートレイト・イン・ジャズ』（P.147）の中で語っているほど、村上さんが敬愛しているアメリカのサックス奏者。『1973年のピンボール』（P.097）では、「ジャンピング・ウィズ・シンフォニィ・シッド」という曲が流れている。

スティーヴン・キング
Stephen Edwin King 👤

『シャイニング』、『スタンド・バイ・ミー』、『ショーシャンクの空に』、『グリーンマイル』などで知られるアメリカの小説家。『村上春樹雑文集』（P.162）に、「スティーヴン・キングの絶望と愛――良質の恐怖表現」という文章があり、村上さんは「スティーヴン・キングの考える恐怖の質はひとことで言ってしまうなら『絶望』である」と語り、ファンとして「恐怖」の描き方を褒め称えている。

スニーカー
sneakers

村上さんといえば、いつもスニーカーを履いているイメージが強い。『村上ラヂオ』（P.163）の中にある「スーツの話」では、『風の歌を聴け』（P.058）が群像新人文学賞（P.068）を受賞したとき、授賞式には青山のVANのバーゲンで買ったオリーブ色のコットン・スーツに普段の白いスニーカーを履いて出席したと語っている。なんとも村上さんらしい自由の象徴である。

スパゲティー
spaghetti

『ねじまき鳥クロニクル』（P.124）は、「僕」がスパゲティーを茹でているときに謎の電話がかかってくるシーンからはじまる。スパゲ

ティーが、まるでこれから起こる「混乱」の象徴のような存在として描かれている。『羊をめぐる冒険』(P.134)の「たらこのスパゲティー」や、『ダンス・ダンス・ダンス』(P.109)の「結局食べられなかったハムのスパゲティー」など、初期作品には必ず登場している料理。

スパゲティーの年に
The Year of Spaghetti ／スパゲティーノトシニ 短

巨大なアルミ鍋を手に入れ、春、夏、秋、とスパゲティーを茹でつづけた1971年の記録。ちなみに1971年と言えば、村上さんは、大学の同級生だった陽子夫人と結婚。文京区で寝具店を営む奥様の実家に間借りし、昼はレコード店、夜は喫茶店でアルバイトをしていたころ。『カンガルー日和』(P.062)所収。

スバル
Subaru

夜空に輝く六連星がエンブレムになっている自動車ブランド。『ダンス・ダンス・ダンス』

(P.109)の「僕」が乗っている車は古い型のスバル。「僕自身の分身のように肩身の狭い旧型のスバル」という表現や、ユキ(P.169)との会話で「乗っていて何となく親密な感じがする」とか「たぶんそれはこの車が僕に愛されているからだと思う」とあるように「僕」の一部のような存在として描かれている。一方、『騎士団長殺し』(P.063)では、悪しきものの象徴として、「白いスバル・フォレスター」に乗る男が登場する。

スプートニクの恋人
Sputnik Sweetheart ／スプートニクノコイビト 長

主人公「ぼく」と、ぼくが好きな小説家志望の女友達「すみれ」(P.096)、すみれが恋に落ちた17歳年上の女性「ミュウ」(P.160)の奇妙な三角関係の恋物語。「ビートニク」を、「スプートニク」と間違えたことから、すみれはミュウのことを密かに「スプートニクの恋人」と呼ぶ。やがて、すみれはギリシアの小さな島で姿を消し、「あちら側」の世界へと失踪してしまう。『アンダーグラウンド』(P.042)の後に書かれた作品で、村上さんは「楽しんで書いた小説の最右翼」と語っている。スプートニクとは旧ソ連の人工衛星のことで、本作では「孤独」を表すキーワードとなっている。

講談社、1999年

すみれ
Sumire 登

『スプートニクの恋人』(P.096)に登場する22歳の女性。「すみれ」というモーツァルト(P.165)の歌曲から名づけられた。吉祥寺でひとり暮らしをしており、ジャック・ケルアックなどの文学が好き。17歳年上の女性「ミュウ」(P.160)を好きになってしまう。

世界の終りと
ハードボイルド・ワンダーランド
Hard-Boiled Wonderland and the End of the World ／
セカイノオワリトハードボイルド・ワンダーランド 長

「世界の終り」と「ハードボイルド・ワンダーランド」という2つの世界が交互に進行するパラレルワールドを描いた傑作。第21回谷崎潤一郎賞を受賞。「世界の終り」の舞台は、高い壁に囲まれた外界との接触がない街で、「僕」は一角獣（P.044）の頭骨から夢を読んで静かに暮らしている。一方、「ハードボイルド・ワンダーランド」は組織（システム）と工場（ファクトリー）が争う世界で、計算士である「私」が、自分の意識に組み込まれた思考回路の秘密を追う冒険物語である。「文學界」1980年9月号に発表された短編「街と、その不確かな壁」（P.157）が原形となったが、この作品はいっさい書籍化されないまま、幻となっている。スキータ・デイヴィスが1962年に発表したヒット曲「The End of the World」（邦題「この世の果てまで」）の歌詞が引用されており、物語にインスピレーションを与えている。

新潮社、1985年

世界のすべての七月
July, July ／セカイノスベテノシチガツ 翻

村上さんが翻訳した『ニュークリア・エイジ』（P.122）、『本当の戦争の話をしよう』（P.149）に続いて3冊目となるティム・オブライエン（P.112）の作品。ページをめくるたびに下手だよなあと思いつつ、その「良質な下手っぴいさ」にハマってしまうという村上さんの愛情が感じられる。1969年に同じ大学を卒業して30年ぶりの同窓会に

文藝春秋、2004年

集まった男女の物語。それぞれに秘められた過去がフラッシュバックする群像ドラマで、『色彩を持たない多崎つくると、彼の巡礼の年』（P.084）と似ている。

セロニアス・モンクのいた風景
Landscape Had of Thelonious Monk ／
セロニアス・モンクノイタフウケイ 翻

ジャズピアニスト、セロニアス・モンクに関する文章を村上さんがまとめた翻訳＆エッセイ集。表紙は、もともと安西水丸（P.042）さんが描くことになっていたが、2014年3月19日に急逝したため、和田誠（P.183）さんが代わりに描くことになった。表紙の絵でモンクにハイライトを差し出しているのは若き日の水丸さん。

新潮社、2014年

1973年のピンボール
Pinball, 1973 ／
センキュウヒャクナナジュウサンネンノピンボール 長

幻のピンボール・マシーン「スペースシップ」を探す物語。ある日曜日、ひとり暮らしの「僕」が目を覚ますと、両脇に双子の女の子（P.142）がいたという有名な展開で知られる。『風の歌を聴け』（P.058）から続く「僕と鼠4部作」の2作目で、東京で双子の女の子と暮らす「僕」と、故郷の神戸に残った「鼠」（P.124）の日常が、交互に語られる。双子の「208」「209」、「配電盤のお葬式」（P.126）など、不思議な記号がちりばめられ、村上ワールドが炸裂している。

講談社、1980年

1963／1982年のイパネマ娘

The Girl from Ipanema, 1963 / 1982 ／
センキュウヒャクロクジュウサンネン／
センキュウヒャクハチジュウニネンノ
イパネマムスメ 短

ボサノヴァの名曲「イパネマの娘」からインスピレーションを受けた言葉が綴られた散文的な作品。村上さんは「『1963／1982年のイパネマ娘』はリチャード・ブローティガン（P.175）にとっての『アメリカの鱒釣り』と同じような位置にある。僕の作品を例にあげれば、『貧乏な叔母さんの話』（P.137）と似ていると思う」と語っている。『カンガルー日和』（P.062）所収。

千駄ヶ谷

Sendagaya ／センダガヤ 地

ジャズ喫茶「ピーターキャット」（P.133）を国分寺から千駄ヶ谷に移転したことで、村上さんの運が大きく開けた重要な場所。お店のすぐ近くにある鳩森八幡神社は、村上さんが千駄ヶ谷で一番好きな場所だったという。神宮球場（P.090）や、一角獣（P.044）の像がある聖徳記念絵画館、青山（P.036）などが徒歩圏内にあり、多くの作品の舞台となった。現在、「ピーターキャット」の跡地は居酒屋となっており、当時の名残りを感じることができる。

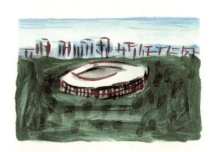

象

elephant ／ゾウ

世界中で神聖な動物とされる象。村上作品では、「象工場」や「消える象」という単語が、たびたび登場している。象は、知恵、忍耐、忠誠、幸運、地位、強さ、大きいことなどを象

徴することが多く、物語に深みを与えている。

総合小説
general fiction／ソウゴウショウセツ

物語の全ての要素が詰め込まれた総合的な小説のこと。村上さんは、ドストエフスキー（P.116）の『カラマーゾフの兄弟』（P.061）のように宗教、家族愛、憎しみ、嫉妬などのあらゆる要素を織りまぜた作品を目指していると語っている。

象工場のハッピーエンド
Happy-end of Elephant Factory／
ゾウコウジョウノハッピーエンド 短

安西水丸（P.042）とのはじめての共著作品。カラフルな挿絵との競演が楽しい13のショートショート集。「カティーサーク自身のための広告」、「ある種のコーヒーの飲み方について」、「双子町の双子まつり」など、村上文学を読み解くヒントになるような作品がたくさん含まれている。

喪失感
loss／ソウシツカン

村上作品の重要なキーワードといえば、「孤独」や「喪失感」。韓国では『ノルウェイの森』（P.125）が、「喪失の時代」というタイトルで発売されたほど。『色彩を持たない多崎つくると、彼の巡礼の年』（P.084）に、「おれたちは人生の過程で真の自分を少しずつ発見していく。そして発見すればするほど自分を喪失していく」という台詞もある。

象／滝への新しい小径
Elephant / A New Path to the Waterfall／
ゾウ／タキヘノアタラシイコミチ 翻

レイモンド・カーヴァー（P.177）最晩年の短編であり、遺作となった詩集。アルコール依存症から立ち直り、穏やかな暮らしを送った最後の10年間の言葉が綴られている。最後の短編「使い走り」を執筆している時には癌を宣告されており、すでに死を意識して作品を書いていたという。

中央公論社、1994年

旧版　CBS・ソニー出版、1983年／新版　講談社、1999年

「そうだ、村上さんに聞いてみよう」と世間の人々が村上春樹にとりあえずぶっつける282の大疑問に果たして村上さんはちゃんと答えられるのか？

「ソウダ、ムラカミサンニキイテミヨウ」トセケンノヒトビトガムラカミハルキニトリアエズブッツケルニヒャクハチジュウニノダイギモンニハタシテムラカミサンハチャントコタエラレルノカ？ Q

「村上朝日堂ホームページ」に寄せられた読者との交換メールを編集し、まとめたもの。「どうやって禁煙しましたか？」、「羊男は、人間か羊か？」、「ノルウェイの森の装丁の意味は？」「ヴォネガットの影響を受けたことはありますか？」など、みんなが聞きたかった質問に村上さんがズバズバ答えている。

朝日新聞社、2000年

装丁
binding／ソウテイ

本の装丁には、こだわりが強い村上さん。新潮社装幀室で村上作品を長年担当してきた髙橋千裕さんは、『ねじまき鳥クロニクル』(P.124)の単行本の装丁では、なかなか村上さんのOKがもらえず、不思議な鳥のイメージを探してバリ島まで行ったという。赤と緑のクリスマスカラーで、生と死を対比した鮮やかなデザインが話題になった『ノルウェイの森』(P.125)は、村上さん自身が装丁を手がけた。

象の消滅
The Elephant Vanishes／ゾウノショウメツ 集

アメリカではじめて出版された村上さんの短編集の日本語版。初期の短編から、クノップ社の選書で以下の17編が選ばれた。「ねじまき鳥と火曜日の女たち」(P.124)、「パン屋再襲撃」(P.131)、「カンガルー通信」(P.062)、「4月のある晴れた朝に100パーセントの女の子に出会うことについて」(P.083)、「眠り」(P.124)、「ローマ帝国の崩壊・一八八一年のインディアン蜂起・ヒットラーのポーランド侵入・そして強風世界」(P.180)、「レーダーホーゼン」(P.179)、「納屋を焼く」(P.121)、「緑色の獣」(P.158)、「ファミリー・アフェア」(P.137)、「窓」(P.128)、「TVピープル」(P.113)、「中国行きのスロウ・ボート」(P.110)、「踊る小人」(P.052)、「午後の最後の芝生」(P.072)、「沈黙」(P.111)、「象の消滅」(P.100)。

新潮社、2005年

象の消滅
The Elephant Vanishes／ゾウノショウメツ 短

ある日、象と飼育係の男が消えてしまう。ただそれだけなのに、圧倒的な人気を誇る短編小説。英語版「The Elephant Vanishes」は、ジェイ・ルービン(P.082)が翻訳し、1991年「ニューヨーカー」誌に掲載されたことで、アメリカで村上人気が出るきっかけになった作品。NHKラジオ第2の語学番組「英語で読む村上春樹」の最初の教材として採用され、テキストの単行本『村上春樹「象の消滅」英訳完全読解』(NHK出版)も刊行された。『パン屋再襲撃』(P.131)所収。

その日の後刻に
Later the Same Day／ソノヒノゴコクニ 翻

「この人の作品をどうして好きなのか、なぜ彼女の書いた三冊の短篇集をすべて僕が訳さ

The Elephant Vanishes

象の消滅〜ゾンビ

なくてはならないのか」と村上さんが熱く語っているように、全作品を訳し、ついに出版されたグレイス・ペイリー(P.067)最後の短編集。17の短編とエッセイ、そして貴重なロングインタビューが収録されている。

その日の後刻に

文藝春秋、2017年

空飛び猫
Catwings ／ソラトビネコ 翻

村上さんが翻訳したアーシュラ・K・ル=グウィン(P.034)のファンタジー絵本。都会の野良猫の子として生まれた4匹の猫は、なぜか翼を持っていた。やがて、4匹は母親のもとを離れ、旅に出る。食べものに困ったり、鳥から攻撃されたりしつつ、最後には、人間に出会って……というお話。シリーズ全4作品。

『空飛び猫』
講談社、1993年
『帰ってきた空飛び猫』
講談社、1993年

『素晴らしいアレキサンダーと、空飛び猫たち』講談社、1997年
『空を駆けるジェーン』講談社、2001年

ゾンビ
Zombie 短

ある男と女が真夜中に、墓場の隣の道を歩いていた。すると唐突に、男は女を「がにまた」、「耳の穴の中に、ほくろがみっつある」などの理由をつけてののしりはじめる。大流行したマイケル・ジャクソン「スリラー」の映像に影響を受けたオマージュ的作品。『TVピープル』(P.113)所収。

ノルウェイの森

英語（USA）版

フランス語版

ドイツ語版

イタリア語版

スペイン語版

カタロニア語版

アラビア語版

デンマーク語版

セルビア語版

中国語版

韓国語版

インドネシア語版

装丁をめぐる冒険
世界の村上春樹と翻訳ワンダーランド

　現在、村上作品は世界50以上の国と地域の言語に翻訳、出版されている。その魅力のひとつが「ビジュアル」である。各国の文化に合わせたイメージで売られているため、作者が日本人だと思っていない読者も多い。ヨーロッパでは写真を使った装丁、アメリカはスタイリッシュなデザイン、アジアは独自のイラストレーションを使った表現が多く見られる。原作とまったく違うタイトルがつけられることもあり、『ノルウェイの森』は、フランス語版では「不可能のバラード」、ドイツ語版では「直子の微笑み」、スペイン語版とイタリア語版では「東京ブルース」というタイトルになっている。韓国語版も最初の翻訳版では「喪失の時代」というタイトルだった。表紙のデザインだけでなく、それぞれの文化圏に自然に溶け込むように設計、販売されているのが興味深い。

column 04 book design

1Q84

英語（USA）版　　フランス語版　　イタリア語版　　フィンランド語版

グルジア語版　　ブルガリア語版　　モンゴル語版　　タイ語版

羊をめぐる冒険

フランス語版

イタリア語版

クロアチア語版

海辺のカフカ

英語（USA）版　　英語（UK）版　　フランス語版　　オランダ語版

ドイツ語版　　トルコ語版　　アラビア語版　　中国語版　　タイ語版

ダンス・ダンス・ダンス

フランス語版　　ドイツ語版　　スペイン語版　　デンマーク語版　　中国語版

ねじまき鳥クロニクル

英語（USA）版

英語（UK）版

フランス語版

ドイツ語版

スペイン語版

ポルトガル語版

ブルガリア語版

デンマーク語版

トルコ語版

世界の終りとハードボイルド・ワンダーランド

英語（USA）版

英語（UK）版

フランス語版

イタリア語版

スペイン語版

トルコ語版

ロシア語版

中国語版

スプートニクの恋人

英語（USA）版

フランス語版

ブルガリア語版

タイ語版

column 04 book design

英語（USA）版

フランス語版

ドイツ語版

スペイン語版

色彩を持たない多崎つくると、彼の巡礼の年

カタロニア語版

フィンランド語版

セルビア語版

ベトナム語版

風の歌を聴け/1973年のピンボール（合本）

騎士団長殺し

英語（UK）版

中国語版

中国語（台湾）版

英語（USA）版

女のいない男たち

英語（USA）版

ドイツ語版

イタリア語版

中国語版

ベトナム語版

ロシア語 旧版

象の消滅

英語（USA）版

ドイツ語版

スペイン語版

ヘブライ語版

ロシア語 新版

大聖堂
Cathedral ／カセドラル 翻

レイモンド・カーヴァー（P.177）の短編集。表題になった短編「大聖堂（カセドラル）」は、主人公である「私」の家に、妻の友人だという目の見えない黒人男性、ロバートが泊まりに来るという話。一緒に食事をしたり大麻煙草を吸ったりするうちに、「私」は彼に対して不思議な感情を持つようになる。そして、互いの手を重ねてペンを握り、大聖堂を描く。

中央公論新社、1990年

タイランド
Thailand 短

世界甲状腺会議に出席するためタイを訪れた中年の女医「さつき」は、山の中のリゾートホテルで1週間の休暇をとる。ある日、人々の心を治療するという老女に「あなたの身体の中には石が入っている。（中略）その石をどこかに捨てなくてはなりません」と言われ、自らの過去を想いひとり泣く。『神の子どもたちはみな踊る』（P.060）所収。

高い窓
The High Window ／タカイマド 翻

レイモンド・チャンドラー（P.177）による、私立探偵フィリップ・マーロウを主人公とする長編シリーズ3作目。裕福な老女エリザベス・マードックからの依頼で、家宝の古い金貨を盗んだ義理の娘の行方を探すというミステリー。

早川書房、2014年

DUG
DUG ／ダグ

『ノルウェイの森』（P.125）に登場する新宿のジャズバー。ワタナベトオル（P.182）と緑（P.158）が、昼間からウォッカ・トニック（P.047）を飲むシーンが有名。お店のロゴは、イラストレーターの和田誠（P.183）がデザイン。現在、新宿靖国通りに移転した店舗でも当時と同じ雰囲気を味わえる。

タクシーに乗った男
A Man on a Taxi ／タクシーニノッタオトコ 短

画廊探訪の仕事をしていた「僕」が聞いた、奇妙なチェコ人の画家が描いた「タクシーに乗った男」という1枚の絵にまつわるお話。『騎士団長殺し』（P.063）の主人公が描く肖像画にも通じる、「絵画とモデル」がテーマになった作品。『回転木馬のデッド・ヒート』

A Vampire on a Taxi

た

タクシーに乗った男〜頼むから静かにしてくれ

（P.056）所収。

タクシーに乗った吸血鬼
A Vampire on a Taxi ／タクシーニノッタキュウケツキ 短

タクシー運転手から「吸血鬼って本当にいると思いますか？」と聞かれ、実は「私が吸血鬼」だと告白されるという、奇妙なショートショート。渋滞した道路上のタクシーにおける運転手との会話は、『1Q84』（P.043）の冒頭のシーンなど、村上作品でよく登場する。『カンガルー日和』（P.062）所収。

ダーグ・ソールスタッド
Dag Solstad 人

日本ではほとんど知られていないが、ノルウェイを代表する小説家。村上さんが翻訳した

『Novel11, Book18（ノヴェル・イレブン、ブック・エイティーン）』（P.125）は、「文学の家」という団体に招待され、オスロに1ヵ月滞在したときに、空港で買ったもの。飛行機で数ページを読み出したら止まらなくなって翻訳をはじめたという。

多崎つくる
Tsukuru Tazaki ／タザキツクル 登

『色彩を持たない多崎つくると、彼の巡礼の年』（P.084）の主人公。駅が好きで鉄道会社に勤める36歳の独身男性。恋人は木元沙羅。名古屋時代の親友の名字には、全員「色」が含まれていたが、つくるの「多崎」という名字には色が含まれていなかったことで、ずっと疎外感を感じていた。

頼むから静かにしてくれ
Will You Please be Quiet, Please? ／タノムカラシズカニシテクレ 翻

レイモンド・カーヴァー（P.177）の代表作で、処女短編小説集。「でぶ」、「人の

『頼むから静かにしてくれ〈1〉』中央公論新社、2006年

考えつくこと」、「あなたお医者さま?」など22編が収録されている。「アラスカに何があるというのか?」は、紀行文集『ラオスにいったい何があるというんですか?』(P.174) のタイトルに影響を与えている。

たばこ
cigarette ／タバコ

かつてヘビースモーカーだった村上さんのデビュー作『風の歌を聴け』(P.058) には、「彼女の死を知らされた時、僕は6922本目の煙草を吸っていた」など、喫煙シーンが多く登場する。『スプートニクの恋人』(P.096) のすみれ (P.096) や『ねじまき鳥クロニクル』(P.124) の笠原メイ (P.057) など、女性たちも例外ではない。村上さんは、今はやめているそうで、シドニー・オリンピック見聞記『シドニー!』(P.084) の中に、「会場はすべて完全禁煙。ずいぶん昔に煙草をやめておいてよかったなあと思う」と書かれている。

卵を産めない郭公
The Sterile Cuckoo ／タマゴヲウメナイカッコウ 翻

1960年代のアメリカで、男子校に通う内気な学生ジェリーとおしゃべりなブーキーの恋愛物語。村上さんと柴田元幸 (P.085) さんがオススメする作品を新訳、復刊するシリーズ「村上柴田翻訳堂」の一冊。作者のジョン・ニコルズは、ハリウッドで多くの脚本を手掛け、この作品も「くちづけ」というタイトルで映画化されている。

新潮文庫、2017年

タマル
Tamalu 登

『1Q84』(P.043) に登場する「柳屋敷」のセキュリティ担当で、老婦人の執事兼ボディーガード。年齢は40歳前後。元自衛隊のレンジャー部隊で空手の高位有段者。終戦の前の年サハリンに生まれ、日本に帰れなくなった朝鮮人の両親と別れ、ひとり北海道に渡り孤児となった。後に養子縁組で日本国籍を取得。本名は田丸健一。ちょっとした料理をとても上品に適切に作ることができる。

田村カフカ
Kafuka Tamura ／タムラカフカ 登

『海辺のカフカ』(P.048) の主人公で、東京都中野区野方に住む15歳の中学3年生。4歳のときに母が姉を連れて家を出て以来、父親と暮らしてきた。誕生日に深夜バスに乗って家出をし、高松にある甲村記念図書館 (P.071) に住みはじめる。読書が好き。名前のカフカは、チェコ語でカラス (P.061) という意味。

駄目になった王国
A Kingdom That Has Failed ／ダメニナッタオウコク 短

「僕」は、赤坂近くのホテルのプールサイドで偶然、隣に座る大学時代の友人Q氏を見つける。そのQ氏は、連れの女の子に、紙コップのコーラを投げつけられていた。「僕」よりも570倍ハンサムというイケメンQ氏が

『ノルウェイの森』(P.125)の永沢さん(P.120)にも重なる。『カンガルー日和』(P.062)所収。

ダンキンドーナツ
Dunkin' Donuts

アメリカのドーナツチェーン店。1970年に初の海外店舗として日本にオープンしたが、1998年に撤退。村上さんが一番好きだったファーストフード店で、主人公たちがよく食べているドーナツもほとんどがダンキンドーナツのもの。特に、『ダンス・ダンス・ダンス』(P.109)では、「僕」が北海道滞在中に毎日のように食べており、「ホテルの朝食なんて一日で飽きる。ダンキン・ドーナツがいちばんだ。安いし、コーヒーもおかわりできる」と語る有名なシーンがある。

誕生日の子どもたち
Children on Their Birthdays／タンジョウビノコドモタチ 翻

すべて6歳から18歳までの少年や少女が主人公のトルーマン・カポーティ(P.117)による短編集。すでに村上さんが翻訳していた「あるクリスマス」(P.040)、「おじいさんの思い出」(P.052)、「クリスマスの思い出」(P.067)の3編に加え、誕生日や感謝祭を題材に「無垢さ」を描いた物語3編をあわせた合計6編を収録。

文藝春秋、2002年

ダンス・ダンス・ダンス
Dance Dance Dance 長

フリーのライターとして「文化的雪かき」(P.144)を続ける「僕」は、再び北海道の「いるかホテル」(P.046)を訪れ、羊男(P.134)と再会する。そして、耳に特別な力を持つ元恋人キキ(P.063)が、中学時代の同級生で人気俳優の五反田君(P.072)が出演する映画に出ているのを発見し、彼女を探す決心をする。『風の歌を聴け』(P.058)、『1973年のピンボール』(P.097)、『羊をめぐる冒険』(P.134)に続く、「僕と鼠4部作」の最終章。80年代の高度資本主義への社会批判が込められた作品。

上巻下巻　講談社、1988年

チーズ・ケーキのような形をした僕の貧乏
My Poor Shape Like a Cheesecake／チーズ・ケーキノヨウナカタチヲシタボクノビンボウ 短

東京の国分寺市西恋ヶ窪にある、JR中央本線と西武国分寺線に挟まれた「三角地帯」で繰りひろげられる、短い自伝的エッセイのような話。実際に村上夫妻が1970年代前半に暮らしていた場所で、その家は現在も残っている。『カンガルー日和』(P.062)所収。

チップ・キッド
Chip Kidd 人

世界的に有名なアメリカのグラフィックデザイナー。村上作品の装丁を多数手がけている。村上さんは、『村上春樹 雑文集』(P.162)の中で、アメリカで短編集『象の消滅』(P.100)が出版された時、「十九世紀の蒸気機関のような」象のイラストレーションを使ったデザインの斬新さに軽いショックを受けた、と語っている。

中国行きのスロウ・ボート
A Slow Boat to China／
チュウゴクイキノスロウ・ボート 集

1983年に出版された記念すべき村上さん最初の短編小説集。表紙のイラストと装丁を手がけた安西水丸(P.042)との初仕事でもある。ソニー・ロリンズの演奏で有名な「On A Slow Boat to China（オン・ナ・スロウ・ボート・トゥ・チャイナ）」からタイトルを取り、そこからインスピレーションを受けた表題作「中国行きのスロウ・ボート」(P.110)に加え、「貧乏な叔母さんの話」(P.137)、「ニューヨーク炭鉱の悲劇」(P.122)、「カンガルー通信」(P.062)、「午後の最後の芝生」(P.072)、「土の中の彼女の小さな犬」(P.111)、「シドニーのグリーン・ストリート」(P.085)の7編を収録。

中央公論新社、1983年

中国行きのスロウ・ボート
A Slow Boat to China／
チュウゴクイキノスロウ・ボート 短

「高校が港街にあったせいで、僕のまわりにはけっこう数多くの中国人がいた」と書いてあるように、村上さんの自伝的要素が強い作品。内容は、「僕」が小学生、大学生、社会人となってから出会った3人の中国人をめぐる回想の物語。

中断された
スチーム・アイロンの把手
チュウダンサレタスチーム・アイロンノトッテ 短

安西水丸(P.042)の著書『POST CARD』(1986年)に収録された連作短編。全集にも未収録のままの幻の作品となっている。水丸さんの本名である「渡辺昇」が、「壁面芸術家」として登場する冗談のようなお話。当時、『ノルウェイの森』(P.125)が大ヒットしていた村上さん自身をパロディ的に描いている。

調教済みのレタス
torture lettuce／チョウキョウズミノレタス

『ダンス・ダンス・ダンス』(P.109)で、主人公が青山にある高級スーパー、紀ノ国屋のレタスのことをこう呼んでいる。長持ちするので、閉店後にこっそり集められて「調教」されて

いるのではないかという意味がこめられた、村上作品の中でも特に有名な比喩。ばりっとしていてサンドウィッチ (P.081) にぴったり。

チョコレートと塩せんべい
chocolate & salt cracker ／
チョコレートトシオセンベイ

村上さんと柴田元幸 (P.085) さんが翻訳について対談した『翻訳夜話』(P.149) の中で、村上さんは、小説を書くことと翻訳の関係を「雨の日の露天風呂システム」と呼んでいる。雨に打たれて冷えて、露天風呂で温まって、という交互に一日中ずっとやっていられることのたとえらしい。「あるいはチョコレートと塩せんべい」、とも語っている。

沈黙
The Silence ／チンモク 短

目に見えない「いじめ」の本質がテーマになっている短編。大沢さんは、「僕」に一度だけ人を殴ったことがあると語りだす。ボクシングをはじめた中学2年生の時、クラスメイトに嘘の噂を流され、怒りのままに殴ってしまう。高校に入ると同じ男から復讐され、学校で孤立することに。沈黙する集団心理の恐ろしさを語る作品。『レキシントンの幽霊』(P.178) 所収。後に全国学校図書館協議会の集団読書テキストに採用され、『はじめての文学 村上春樹』(P.126) にも収録された。

使いみちのない風景
Useless Landscape ／ツカイミチノナイフウケイ エ

村上さんと写真家・稲越功一によるフォトエッセイ集。『波の絵、波の話』(P.121) に続く2作目。『ノルウェイの森』(P.125) を執筆していたギリシアの島の様子や、猫を20〜30匹飼った話など、貴重なエピソードも。題名は、アントニオ・カルロス・ジョビンの曲「Useless Landscape」からの引用。

中公文庫、1998年

土の中の彼女の小さな犬
Her Little Dog in the Ground ／
ツチノナカノカノジョノチイサナイヌ 短

海辺のリゾートホテルで出会った男と女の心の触れ合いを描いた短編。「僕」は女がどう

いう人物かをゲームで当てていくが、余計なことまで言い当ててしまう。彼女は、子どものころにかわいがっていた犬が死に、死体を預金通帳と一緒に庭の片隅に埋め、1年後に掘り起こした思い出を明かす。1988年「森の向う側」(P.165)として映画化された。『中国行きのスロウ・ボート』(P.110)所収。

ディック・ノース
Dick North 登

『ダンス・ダンス・ダンス』(P.109)に登場する、ベトナム戦争で片腕を失った詩人。「僕」がドルフィン・ホテルで出会ったユキ(P.169)の母親アメの恋人。料理が上手で、とても美味しいきゅうりとハムのサンドウィッチを「僕」にふるまう。

ティファニーで朝食を
Breakfast at Tiffany's／
ティファニーデチョウショクヲ 観

オードリー・ヘップバーン主演の映画で知られる、トルーマン・カポーティ(P.117)の小説。ニューヨークの社交界を自由気ままに生きる新人女優、ホリー・ゴライトリーの物語。「象が洗えちゃうくらいワインを飲んだんだもの」という台詞など、どこか村上文学のルーツを感じるような作品。

新潮社、2008年

ティム・オブライエン
William Timothy "Tim" O' Brien 人

ベトナム戦争から帰還後、ハーバード大学院に進み、新聞記者として働きながら作品を書き続けたアメリカの小説家。ベトナム戦争をテーマにしたノンフィクションのような短編集『本当の戦争の話をしよう』(P.149)や『ニュークリア・エイジ』(P.122)、『世界のすべての七月』(P.097)などが村上春樹訳で知られる。

デヴィッド・リンチ
David Lynch 人

「イレイザーヘッド」、「エレファント・マン」など奇怪な映像表現で知られるアメリカの映画監督。村上さんは、監督の作品では「マルホランド・ドライブ」が好きだという。また、「ツイン・ピークス」にもはまり、「アメリカに住んでいるときにリアルタイムで放映していたので、毎週楽しみに見ていました。そのときちょうど『ねじまき鳥クロニクル』(P.124)を書いていたので、少しは影響があるかも、ですね」と、自身の作品が影響を受けたことを認めている。

デューク・エリントン
Duke Eligton 人

ジャズの名曲「A列車で行こう」などで有名なアメリカのジャズ作曲家、ピアノ奏者。生涯で1500曲以上を生み出した伝説的アーティスト。ジャズを流す上品なバー「ロビンズ・ネスト」(P.180)が主な舞台になっている『国境の南、太陽の西』(P.072)では、「ロミオとジュリエット」のような不幸な星めぐりの恋

人たちをイメージした「スタークロスト・ラヴァーズ（Star-Crossed Lovers）」が主人公ハジメくんの好きな曲として、たびたび登場する。

デレク・ハートフィールド
Derek Hartfield 登

『風の歌を聴け』（P.058）に登場する架空の作家。「火星の井戸」（P.057）などの作品を残し、6月のある晴れた日曜日の朝、右手にヒットラーの肖像画を抱え、左手に傘をさしたままエンパイア・ステート・ビルの屋上から飛び降り自殺した。主人公の「僕」が最も影響を受けた人物。発表当時、図書館で問い合わせが増えて司書のみなさんが困ったらしい。

TV ピープル
TV People ／テレビピープル 集

佐々木マキ（P.078）が描いた表紙のイラストレーションのようにシュールレアリスティックな短編集。『ノルウェイの森』（P.125）が発売された後の反響で、村上さんが1年ほど小説を書けなくなった時期があった。その回復のきっかけとなったのが「TVピープル」（P.113）と「眠り」（P.124）の2作品で、かなりお気に入り

文藝春秋、1990年

の短編だという。ほか、「飛行機――あるいは彼はいかにして詩を読むようにひとりごとを言ったか」（P.132）、「我らの時代のフォークロア 高度資本主義前史」（P.183）、「加納クレタ」（P.059）、「ゾンビ」（P.101）など、その後の作品につながる傑作が揃っている。

TV ピープル
TV People ／テレビピープル 短

日本人作家としてはじめて、翻訳が「ニューヨーカー」誌に掲載された記念すべき短編作品。日曜日の夕方、3人のTVピープルが「僕」の部屋にやってきて、テレビを運び込む。スイッチを入れると画面は真っ白になった。奇妙な声が耳に残るナンセンスな物語。

天吾
Tengo ／テンゴ 登

『1Q84』（P.043）の主人公のひとりで、予備校の数学講師。もうすぐ30歳。高円寺（P.069）の小さなアパートに暮らしながら小説を書いている。フルネームは、川奈天吾。17歳の美少女、ふかえり（P.141）が書いた新人賞応募作品『空気さなぎ』（P.065）のリライトを行った。

東京奇譚集
Five Strange Tales from Tokyo ／トウキョウキタンシュウ 集

「奇妙な物語」をテーマにした5つの短編、「偶然の旅人」（P.065）、「ハナレイ・ベイ」（P.128）、「どこであれそれが見つかりそうな場所で」（P.115）、「日々移動する腎臓のかたちをした

石」(P.135)、「品川猿」(P.085)を収録。長編の執筆が続いた後だったので、まとめて短編を書きたいという衝動が湧いて、週に1本のペースで、1カ月で書き上げたという。

新潮社、2005年

東京するめクラブ 地球のはぐれ方
トウキョウスルメクラブ チキュウノハグレカタ 紀

名古屋のスゴイ喫茶店、熱海の秘宝館、誰も知らない江の島、サハリン、清里などを訪れた、村上さんと吉本由美と都築響一による旅行記。この名古屋(P.120)取材がきっかけで『アフターダーク』(P.038)のラブホテル「アルファヴィル」が生まれた。さらに名古屋を舞台にした『色彩を持たない多崎つくると、彼の巡礼の年』(P.084)が書かれるなど、後の村上作品の重要な取材となった。

文藝春秋、2004年

東京ヤクルトスワローズ
Tokyo Yakult Swallows／トウキョウヤクルトスワローズ

村上さんは、ヤクルト・スワローズファンクラブ名誉会員。公式サイトに、エッセイを寄せるほどの大ファン。ヤクルトの試合を見に行った神宮球場(P.090)で小説を書こうとひらめいただけあって、特別な想いがある様子。ちなみに『夢で会いましょう』(P.170)に「ヤ

クルト・スワローズ詩集より」と書かれた5編の詩が収録されているが、実際に詩集が出版されたわけではない。

動物
animal／ドウブツ

鼠、羊、象、猫、あしか、鳥など村上作品には、動物や動物園がたくさん登場する。『風の歌を聴け』(P.058)の鼠、『羊をめぐる冒険』(P.134)の羊、『ねじまき鳥クロニクル』(P.124)の猫と鳥。短編では「象の消滅」(P.100)や「かえるくん、東京を救う」(P.056)など、「隠れた意味」を持つ重要なモチーフとして物語に奥行きを与えている。

遠い太鼓
A Faraway Drumbeat／トオイタイコ 紀

『ノルウェイの森』(P.125)や『ダンス・ダンス・ダンス』(P.109)を執筆していた3年間にわたるギリシア、イタリアなどの海外生活を綴った長い旅行記。タイトルは、トルコの古い民謡からの引用。島の女性に描いてもらった地図を、村上さん自身が再現したイラストもある。写真は、陽子夫人が撮影したもの。

講談社、1990年

独立器官
An Independent Organ／ドクリツキカン 短

主人公は、六本木で美容クリニックを経営する渡会(とかい)という52歳で独身の医師。たくさんのガールフレンドを持つ彼は、「独

An Independent Organ

立した器官」を使うように嘘をついていた。しかし、ある時、16歳年下で結婚している女性と恋に落ちてしまう。『女のいない男たち』(P.053)所収。

どこであれそれが見つかりそうな場所で
Where I'm Likely to Find It／ドコデアレソレガミツカリソウナバショデ 短

ある日、マンションの24階と26階を結ぶ階段の途中で突然、夫が姿を消してしまった。そう妻から依頼された主人公「私」は、毎日その階段を調査するが、いくら探しても夫の行方はわからない。村上さんが、よく使うキーワード、エレベーター、パンケーキ、階段、ドーナツ（P.116）などがちりばめられた、世にも奇妙な物語。『東京奇譚集』(P.113)所収。

図書館
library／トショカン

村上作品にしばしば登場する、重要な「異界」のひとつ。『海辺のカフカ』(P.048)には、大島さん(P.051)の「言い換えるなら、君は永遠に君自身の図書館の中で生きていくことになる」という台詞がある。『夢を見るために毎朝僕は目覚めるのです 村上春樹インタビュー集 1997-2009』(P.170)の中で、村上さんは、「図書館は何か一種の異界みたいな感じが僕にとってはするんです」と語っている。

図書館奇譚
The Strange Library／トショカンキタン 短 絵

図書館に「オスマン・トルコ帝国の収税政策」に関する本を探しにきた「僕」が、読書室という名の地下独房に囚われるというお話。後

に『ふしぎな図書館』(P.141)と改題され、佐々木マキ(P.078)との共作絵本として出版された。ドイツでもカット・メンシックのイラストレーションによる絵本が発売され、日本語版が逆輸入された。『カンガルー日和』(P.062)所収。

カット・メンシック／
イラストレーション
新潮社、2014年

ドストエフスキー
Fyodor Mikhailovich Dostoevsky 〔人〕

『罪と罰』、『白痴』、『悪霊』、『カラマーゾフの兄弟』(P.061)などで知られるロシアの小説家。村上さんは、「偉大な作家ですね。ドストエフスキーを前にすると、自分が作家であることがむなしくなってきます」と『CD-ROM版村上朝日堂 スメルジャコフ対織田信長家臣団』(P.081)の中で告白。また、「世の中には二種類の人間がいる。『カラマーゾフの兄弟』を読破したことのある人と、読破したことのない人だ」とも語っている。

ドーナツ
donut

『羊をめぐる冒険』(P.134)の中にある、「ドーナツの穴を空白として捉えるか、あるいは存在として捉えるかはあくまで形而上的な問題であって、それでドーナツの味が少しなりとも変わるわけではないのだ」という台詞が有名。村上さんは、『村上ラヂオ』(P.163)の中で、ドーナツの穴はいつ誰が発明したかご存じですか？ 知らないでしょう、とあふれるドーナツ愛を語っている。

トニー滝谷
Tony Takitani／トニータキタニ〔短〕

イラストレーターとして成功したトニー滝谷と洋服に強い執着を持つ美しい妻の物語。ある日、妻が交通事故で死んでしまい、トニー滝谷は、彼女の大量の服を着てくれる女性を雇おうとする。2005年、市川準監督によって、イッセー尾形と宮沢りえの共演で映画化された。『レキシントンの幽霊』(P.178)所収。

トヨタ自動車
Toyota Motor Corporation／トヨタジドウシャ

しばしば、村上作品に登場するトヨタの車。『1Q84』(P.043)の冒頭に登場するタクシーは、トヨタのクラウン、ロイヤルサルーン。『色彩を持たない多崎つくると、彼の巡礼の年』(P.084)でも、主人公の同級生であるアオ(P.035)が名古屋のトヨタ、レ

クサス（P.178）の営業マンになっている。また、『国境の南、太陽の西』（P.072）では主人公が、もし青山でバーを経営していなかったらトヨタ車に乗っていただろうと思う場面がある。

ドライブ・マイ・カー
Drive My Car 短

俳優である主人公の家福（かふく）は、緑内障のため運転ができなくなった。そこで、黄色のサーブ900コンバーティブルの運転手を、北海道出身の渡利みさきに依頼する。みさきの出身地として、北海道中頓別町（P.120）が実際の地名で登場したが、たばこのポイ捨て表現が問題になったため、単行本化の際に、『羊をめぐる冒険』（P.134）に登場する架空の町「十二滝町」（P.087）の北にある町、「上十二滝町」と変更された。『女のいない男たち』（P.053）所収。

トラン・アン・ユン
Tran Anh Hung 人

長編映画1作目の「青いパパイヤの香り」がカンヌ国際映画祭カメラ・ドール賞他多数の賞を受賞して有名になったベトナム出身のフランス人映画監督。ほかの作品に「シクロ」、「夏至」など。松山ケンイチ、菊地凛子、水原希子の共演で『ノルウェイの森』（P.125）を映画化し、話題になった。

トルーマン・カポーティ
Truman Capote 人

『ティファニーで朝食を』（P.112）の作者として有名なアメリカの小説家。大ファンである村上さんは、高校時代にはじめてカポーティの短編「無頭の鷹」を読んで「こんな上手な文章はどう転んでも書けないよ」と思い、29歳まで小説を書こうとしなかったという。デビュー作『風の歌を聴け』（P.058）のタイトルは、「無頭の鷹」が入った短編集『夜の樹』（新潮社）に収録された「最後の扉を閉めて」の最後の文章「何も考えまい。ただ風のことだけを考えていよう」からきている。

とんがり焼の盛衰
The Rise and Fall of Sharpie Cakes／トンガリヤキノセイスイ 短

新聞に載っていた「名菓とんがり焼・新製品募集・大説明会」という広告を見て、ホテルに足を運んだ男に起こる奇妙な出来事を、皮肉を込めて描いたショートショート。『めくらやなぎと眠る女』（P.163）のまえがきで村上さんは、「小説家としてデビューしたときに、文壇（literacy world）に対して抱いた印象をそのまま寓話化したものである」と語っている。『カンガルー日和』（P.062）所収。

村上動物園

(今は亡き「管理された人間という動物」のための)

羊、猫、鳥、象、あしか……村上作品には重要な場面でよく動物があらわれる。
人間のように言葉を話すこともあれば、比喩で使われることも。
『風の歌を聴け』の一節「インドのバガルプールに居た有名な豹は
3年間に350人ものインド人を食い殺した」から、
『騎士団長殺し』の「ペンギンのストラップ」まで。
謎のハルキ的動物たちの一部をご紹介しよう。

熊【Bear】

時に2本足で歩き、擬人化しやすいと言われる熊は、たびたび主人公の気持ちを代弁する比喩表現に使われている。『ノルウェイの森』の有名なセリフ「春の熊くらい好きだよ」をはじめ、『1973年のピンボール』の「そういった街を、僕は冬眠前の熊のように幾つも貯めこんでいる」とか、『羊をめぐる冒険』の「四頭の熊が同時に爪を研げそうなほどどっしりとした白樺だ」とか。『ダンス・ダンス・ダンス』では、名前を聞かれて「熊のプー」と答える会話もある。また、『騎士団長殺し』では、別れた元妻から手紙をもらった主人公が、「私は流されゆく氷山に取り残された孤独なシロクマなのだ」と考えたりもしている。

象【Elephant】

「ほんものの象を作る」という作業に、昔から深い興味を持っているという村上さん。『象工場のハッピーエンド』や短編「踊る小人」など、作品には「象工場」が何度も登場する。「象」にまつわる短編も多く、象と飼育係が忽然と消滅してしまう「象の消滅」、ハイヒールを履いた象が出てくる「ハイヒール」、「ハイネケン・ビールの空き缶を踏む象についての短文」など事欠かない。長編では、『羊をめぐる冒険』に「象は亀の役割を理解できず、亀は象の役割を理解できず、そしてそのどちらもが世界というものを理解できずにいるのだ」というセリフがある。

column 05 ZOO

鯨【Whale】

『羊をめぐる冒険』には鯨のペニスが置いてある水族館が登場し、「鯨のペニスは鯨から永遠に切り離され、鯨のペニスとしての意味を完全に失っていた」という有名な一節がある。また『1Q84』では、青豆が深呼吸をする場面で、「あたりの空気を思い切り吸い込み、思い切り吐き出した。鯨が水面に浮上し、巨大な肺の空気をそっくり入れ換えるときのように」という描写が登場する。

鳥【Bird】

村上作品には、『ねじまき鳥クロニクル』をはじめ、奇妙な鳥がたびたび登場する。特にカラスが多く、短編「とんがり焼の盛衰」の、とんがり焼しか食べない「とんがり鴉」、『海辺のカフカ』の「カラスと呼ばれた少年」、『風の歌を聴け』には「僕は黒い大きな鳥で、ジャングルの上を西に向かって飛んでいた」という描写がある。他には、『騎士団長殺し』に登場する屋根裏に住む「みみずく」は、川上未映子によるインタビュー集『みみずくは黄昏に飛びたつ』のタイトルにもなった。『世界の終りとハードボイルド・ワンダーランド』の中には、「鳥を見ると自分が間違っていないということがよくわかる」という重要なセリフが書かれている。

猿【Monkey】

名前を盗む猿が登場する短編「品川猿」だけでなく、比喩表現の中でもたびたび「猿」という言葉があらわれる。『ダンス・ダンス・ダンス』には、「巨大な灰色猿がハンマーを持ってどこからともなく部屋に入ってきて、僕の頭の後ろを思いきり叩いたのだ。そして僕は気絶するみたいに深い眠りに落ちた」という一節がある。『ノルウェイの森』には、「私が今すこし疲れてるだけ。雨にうたれた猿のように疲れているの」というセリフがある。

直子
Naoko／ナオコ 登

『ノルウェイの森』（P.125）に登場する「僕」の親友、キズキ（P.064）の幼なじみで恋人。東京で偶然、「僕」と再会する。その後、精神が不安定になり、京都（P.064）の療養所「阿美寮」（P.039）で生活することに。映画版では、菊地凛子が演じている。

永沢さん
Nagasawa-san／ナガサワサン 登

『ノルウェイの森』（P.125）に登場する「僕」が住む学生寮の先輩。東京大学法学部を出て、外務省に入る。ナメクジを3匹飲んだ経験がある。ハツミさんという恋人がいるが、多くの女性と関係を持ち、よくガールハントに「僕」を誘う。

ナカタさん
Mr. Nakata／ナカタサン 登

『海辺のカフカ』（P.048）に登場する、猫と会話ができる60代の男性。子どものころに、疎開先である事件に遭遇して以来、読み書きの能力を失ってしまう。今は知的障害者として、都の補助金を受けて、中野区野方に暮らしている。「ナカタは〜であります」「ナカタは〜なのです」と特徴的な話し方をする。

中頓別町
Nakatonbetsu／ナカトンベツチョウ 地

北海道宗谷支庁枝幸郡の町。短編『ドライブ・

マイ・カー』（P.117）が『文藝春秋』誌に掲載されたとき、この町出身の女性がたばこを車の窓から捨て、主人公がそれを見て「たぶん中頓別町ではみんなが普通にやっていることなのだろう」と思う場面があった。この部分が町の議員に抗議されたことによって、単行本では架空の町「北海道＊＊郡上十二滝町」と変更。しかしその後、村上春樹ファンの町民が主催する和解の読書会が開かれ、今では毎年、読書会が開催されるようになった。

名古屋
Nagoya／ナゴヤ 地

『色彩を持たない多崎つくると、彼の巡礼の年』（P.084）の舞台となった街。同書に「学校もずっと名古屋、職場も名古屋。なんだかコナン・ドイルの『失われた世界』みたい」という台詞がある。これは村上さんが『東京するめクラブ 地球のはぐれ方』（P.114）で名古屋を訪れた時に感じたことで、日本の都市がどこも東京にならって画一化されていく中、名古屋だけは外界からの影響を受けずに孤立進化したことを指す。そして、それが最も顕著にあらわれたのが食文化だと語っている。

ナット・キング・コール
Nat "King" Cole 人

「キング」の愛称を持つ、20世紀を代表するジャズシンガーでピアニスト。『羊をめぐる冒険』（P.134）と『国境の南、太陽の西』（P.072）の2つの作品では、主人公がレコードでナット・キング・コールの歌う「国境の南」とい

う曲を聞くシーンがある。しかし、現実にはナット・キング・コールが歌う「国境の南」が収録されたレコードは存在しないため、幻想の世界へ入り込んでいく演出として描かれたのではないかと思われる。

夏目漱石
Soseki Natsume ／ナツメソウセキ 人

村上さんが、日本の作家の中でいちばん好きだと語る小説家。近代自我を意識した後期の作品よりも、前期3部作の『三四郎』、『それから』、『門』が好きで、『ねじまき鳥クロニクル』（P.124）は、『門』の夫婦をイメージして書いたという。また個人的に特に好きな作品として『坑夫』と『虞美人草』をあげている。『海辺のカフカ』（P.048）では主人公、田村カフカ（P.108）が『坑夫』について、「『なにを言いたいのかわからない』という部分が不思議に心に残る」と語っている。

七番目の男
The Seventh Man ／ナナバンメノオトコ 短

7人が輪になってひとりずつ話をしている。そして、7番目の男が奇妙な話を語りだす。

それは、巨大な波にさらわれた友人にまつわる話だった。しかし、解消出来ないトラウマが、あるきっかけによって救われていく。村上さんがサーフィンに夢中になっていた時代に波を眺めていて思いついたという作品。『レキシントンの幽霊』（P.178）所収。

波の絵、波の話
Pictures of Wave, Tales of Wave ／ナミノエ、ナミノハナシ エ

写真家の稲越功一と共作した写真集のようなエッセイ集。「僕は、1973年のピンボールに、やあ、と言った。」、「1980年におけるスーパー・マーケット的生活」など、長編小説でおなじみのモチーフが登場する。村上さんは、「一枚のLP」という章で、はじめてジャズに触れたのは14歳だった、とその強烈な体験を振り返っている。

文藝春秋、1984年

納屋を焼く
Barn Burning ／ナヤヲヤク 短

「僕」は、知人の結婚パーティーで知り合っ

た彼女の「新しい恋人」から、趣味が「納屋を焼くこと」なのだと聞く。「僕」は、実際に焼かれた納屋を探してみるが、見つからず……。現実と幻想が交差する奇妙な後味を残す初期の代表作。『螢・納屋を焼く・その他の短編』（P.147）所収。

25メートル・プール一杯分ばかりのビール
ニジュウゴメートルプールイッパイブンバカリノビール

『風の歌を聴け』（P.058）の中にある有名な比喩表現。夏の間、「僕」と「鼠」（P.124）はまるで何かに取り憑かれたように「25メートル・プール一杯分ばかりのビール」を飲み干した。そして、「ジェイズ・バー」（P.082）の床いっぱいに5センチもの厚さにピーナッツの殻をまきちらす。

蜷川幸雄
Yukio Ninagawa ／ニナガワユキオ 人

シェイクスピア、ギリシア悲劇などを得意とし、「世界のニナガワ」と呼ばれた演出家。舞台『海辺のカフカ』（P.048）を2012年と2014年に演出して、話題になった。役者はそれぞれ、「田村カフカ」（P.108）を柳楽優弥と古畑新之、「佐伯さん」（P.078）を田中裕子と宮沢りえ、「大島さん」（P.051）を長谷川博己、藤木直人が演じている。「ナカタさん」（P.120）は両公演ともに木場

勝己が熱演した。2016年逝去。

ニュークリア・エイジ
The Nuclear Age 翻

ベトナム戦争や反戦運動に揺れた1960年代アメリカの夢と挫折を描いたティム・オブライエン（P.112）の長編小説。シェルターを掘り続ける「僕」と友人たちが、新しい「核の時代」を生きる青春群像劇。

文春文庫、1994年

ニューヨーカー
The New Yorker

雑誌『ニューヨーカー』1991年11月18日号にジェイ・ルービン（P.082）が翻訳した短編小説「象の消滅」（P.100）が掲載され、アメリカで村上春樹の人気に火がついた。その後、『ニューヨーカー』が作品を選んだ同名の初期短編集『象の消滅』（P.100）がクノップフ社から出版されロングセラーに。

『ニューヨーカー』1991年11月18日号

ニューヨーク炭鉱の悲劇
New York Mining Disaster ／ニューヨークタンコウノヒゲキ 短

「僕」と「台風が来ると動物園に行く友人」の物語。タイトルは、ビー・ジーズのデビュー曲から。この曲の歌詞にひかれて、とにかく「ニューヨーク炭鉱の悲劇」という題の小説を書いてみたかった、と村上さんは語っている。『中国行きのスロウ・ボート』（P.110）所収。

抜ける
to exit ／ヌケル

「壁を抜ける」という表現は、村上作品の中

New York Mining Disaster

に
ニューヨーク炭鉱の悲劇〜猫

にしばしば登場する「井戸(P.044)に降りる」という表現と同じく重要なキーワード。「『ねじまき鳥クロニクル』(P.124)のなかでいちばん大事な部分は、『壁抜け』の話です。堅い石の壁を抜けて、いまいる場所から別の空間に行ってしまえること……それがいちばん書きたかったことです」と本人も語っている。なぜ壁を「抜ける」ことができるのかというと、村上さん自身が実際に創作の過程で井戸に深く潜り、自らを普遍化することで、場所と時間を超えて別の場所に行けるんだという確信を持ったからだという。無意識の中で起きる「ワープ現象」が、全作品共通のテーマでもある。

猫
cat／ネコ

村上さんが経営していたジャズ喫茶の名前は、飼っていた猫の名前からとった「ピーターキャット」(P.133)。猫好きなため、作品にもたくさん登場する。『海辺のカフカ』(P.048)は猫と会話のできる不思議な老人ナカタさん(P.120)が物語の重要な鍵となり、『ねじまき鳥クロニクル』(P.124)は、猫の失踪がきっか

けで物語がはじまる。『1Q84』(P.043)では千葉県千倉が「猫の町」として登場。昔飼っていた猫をモデルにした絵本『ふわふわ』(P.144)には「ぼくは世界じゅうのたいていの猫が好きだけれど、この地上に生きているあらゆる種類の猫たちのなかで、年老いたおおきな雌猫がいちばん好きだ」という一節がある。

ねじまき鳥クロニクル
The Wind-Up Bird Chronicle ／
ネジマキドリクロニクル 長

法律事務所を辞めて専業主夫として暮らしていた「僕」、岡田亨のまわりから猫が消え、妻が失踪する。そして、奇妙な人々がやってくる。「僕」は空き家の井戸(P.044)に潜り、妻を探す決意をする。4年半を費やして書かれた超大作。「第1部 泥棒かささぎ編」、「第2部 予言する鳥編」、「第3部 鳥刺し男編」の3巻がある。水の無い井戸、出口の無い路地（おそらく暗渠）、くらげ、水を媒体に使う占い師の加納マルタ(P.060)など、全編を通して「水」のイメージで描かれた謎だらけのファンタジー。

新潮社、1994年（第1部・第2部）、1995年（第3部）

ねじまき鳥と火曜日の女たち
The Wind-Up Bird and Tuesday's Women ／
ネジマキドリトカヨウビノオンナタチ 短

長編『ねじまき鳥クロニクル』(P.124)へと発展した短編小説。「笠原メイ」(P.057)、「ワタヤノボル」(P.182)などの人物の原形も登場し、長編へと成長していった変化を読み比べることができる。『パン屋再襲撃』(P.131)所収。

鼠
Rat ／ネズミ 登

『風の歌を聴け』(P.058)、『1973年のピンボール』(P.097)、『羊をめぐる冒険』(P.134)に登場する「僕」の友人。芦屋の裕福な家に生まれる。小説家志望で、大学を辞め、いろんな町を放浪している。これらの作品と続編の『ダンス・ダンス・ダンス』(P.109)を加えた初期作品は「僕と鼠4部作」とも呼ばれる。主人公である「僕」の分身のような存在。

眠い
ネムイ 短

彼女の高校時代の同級生の結婚式に出席している主人公「僕」が、コーンポタージュを飲みながらひたすら眠気と戦う、というたわいのない話。『カンガルー日和』(P.062)所収。

眠り
Sleep ／ネムリ 短

眠れなくなってしまった30歳の主婦が主人公。「私」は17日間、一睡もしていなかった。しかも、これは単なる「不眠」ではない。しかたがなく、夫に黙って夜の間、ブランディ

ーを飲み、チョコレートを食べながら、トルストイの小説『アンナ・カレーニナ』を読み耽った。そして、「人生を拡大しているのだ」と思う。『TVピープル』(P.113)所収。

ねむり
Sleep／ネムリ 絵

目覚めつづける女の日常を描いた短編「眠り」(P.124)を「ねむり」に改題し、改稿した「ドイツ語版絵本」を逆輸入した作品。カット・メンシックのイラストレーションにより、さらに奇妙な物語が拡張された一冊となっている。

カット・メンシック／イラストレーション
新潮社、2010年

Novel11, Book18
Novel11, Book18／
ノヴェル・イレブン、ブック・エイティーン 翻

村上さんが偶然、オスロ空港で発見したノルウェイの作家、ダーグ・ソールスター(P.107)の著書。タイトルは、「11冊目の小説、18冊目の著書」という意味。主人公は、50歳の男ビョーン・ハンセン。妻と別れ、ツーリー・ラッメルスという女性と暮らし、演劇活動をはじめるという奇妙で予測の出来ない物語。

中央公論社、2015年

ノーベル文学賞
The Nobel Prize in Literature／
ノーベルブンガクショウ

ダイナマイトの発明者、アルフレッド・ノーベルの遺言によって創設された世界的な賞。「人類に最大の貢献をもたらした人々」に贈られる、物理学、化学、医学生理学、文学、平和の5部門のひとつ。川端康成、大江健三郎が日本人としてノーベル文学賞を受賞しており、「次は村上春樹か？」と10年ほど前から噂されている。2017年には、日系イギリス人のカズオ・イシグロ(P.057)が受賞し話題となった。

ノルウェイの森
Norwegian Wood／ノルウェイノモリ 長

「一〇〇パーセントの恋愛小説」という帯のコピーで1980年代後半に爆発的にヒットした村上さんの代表作。売り上げは、単行本と文庫をあわせ1000万部を超える。はじめての完全なリアリズム小説で、この作品以降、登場人物に名前がつけられるようになった。1968年、大学1年生のワタナベトオル(P.182)は、高校の同級生の恋人だった直子(P.120)と再会するが、彼女は次第に精神が不安定になり、療養所に入る。やがてワタナベは大学で出会った緑(P.158)という女の子にも惹かれていく。印象的な赤と緑の装丁は、村上さん自身によるもの。短編「螢」(P.146)が元になって書かれた自伝的小説であり、実際に村上さんが学生時代に暮らしていた「和敬塾」(P.181)という寮などが登場する。元々は「雨の中の庭」というタイトルだった。

上巻下巻　講談社、1987年

ね
眠り〜ノルウェイの森

バー
bar

村上さんは、作家になる前はジャズ喫茶を経営していただけに、作中にはお酒を飲むシーンが非常に多い。レコードで音楽を聴き、お酒を飲む時間と空間は、「異界へ入り込む装置」としても機能している。

配電盤のお葬式
ハイデンバンノオソウシキ

『1973年のピンボール』(P.097)で、僕と双子は、配電盤を貯水池に投げて葬る。古い時代や人間関係を断ち切るという意味を象徴した「デタッチメント」的行為として重要なシーン。

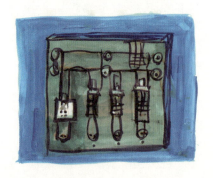

ハイネケン・ビールの空き缶を踏む象についての短文
ハイネケン・ビールノアキカンヲフムゾウニツイテノタンブン 短

閉鎖された動物園の象(P.098)を町が引き取って、空き缶踏み係にするという奇妙なショートショート作品。短編「象の消滅」(P.100)につながる実験的な作品。『村上春樹全作品1979～1989⑧』所収。

はじめての文学 村上春樹
ハジメテノブンガク ムラカミハルキ 集

文藝春秋から刊行されている「はじめての文学」シリーズで、青少年向けの自選短編集。羊男(P.134)が登場する「シドニーのグリーン・ストリート」(P.085)や「かえるくん、東京を

救う」(P.056)など17編を収録。ファンタジーや童話のような物語が多く、はじめて村上作品に触れる初心者にオススメの一冊。

文藝春秋、2006年

走ることについて語るときに僕の語ること
What I Talk About When I Talk About Running／ハシルコトニツイテカタルトキニボクノカタルコト 囚

「走ること」と「小説」に関するエッセイをまとめた回顧録。集中力を持続させるためには体力が不可欠と考え、「走ること」を選んだ村上さんの孤独な戦いが描かれている。タイトルは、レイモンド・カーヴァー(P.177)の短編集『愛について語るときに我々の語ること』(P.034)をアレンジしたもの。

文藝春秋、2007年

バースデイ・ガール
Birthday Girl 短 絵

「彼女」が「僕」に語る20歳の誕生日に起こった不思議な出来事。彼女は誕生日をイタリア料理店で働いて過ごしていた。その日、絶対に店に顔を出さないオーナーの部屋に夕食を運ぶことになり、そこにいた老人に「一つだけ願い事を叶えよう」と言われる。短編集『バースデイ・ストーリーズ』(P.127)のために書かれた作品。『めくらやなぎと眠る女』(P.163)所収。ドイツの女性画家、カット・メンシックの挿絵が

カット・メンシック／イラストレーション
新潮社、2017年

たっぷりのアートブックもある。

バースデイ・ストーリーズ
Birthday Stories 翻

レイモンド・カーヴァー(P.177)やポール・セロー(P.148)などの「誕生日」をテーマにした英米文学の短編小説を村上さん自身が翻訳、編集したアンソロジー。村上さんの書き下ろし短編「バースデイ・ガール」(P.127)も収録された。

中央公論新社、2002年

蜂蜜パイ
Honey Pie／ハチミツパイ 短

神戸から早稲田大学文学部に進学して、売れない小説家になった36歳の淳平が主人公。大学時代に親しい3人組として過ごした小夜子と高槻が結婚、のちに離婚したが3人の友人関係は続いている。2人の娘で4歳になる沙羅に、淳平は蜂蜜とりの名人「熊のまさきち」とその友だちの「とんきち」の即興の童話をつくって聞かせる。『神の子どもたちはみな踊る』(P.060)所収。

はじめての文学 村上春樹〜蜂蜜パイ

バット・ビューティフル
But Beautiful 翻

イギリスの作家、ジェフ・ダイヤーによる7人のジャズマンをテーマにしたフィクション。ジャズの歴史書としても楽しめる。タイトルの「バット・ビューティフル」はジャズの名曲。

新潮社、2011年

パティ・スミス
Patti Smith 人

「ニューヨーク・パンクの女王」と呼ばれ、詩人としても活躍するミュージシャン。『色彩を持たない多崎つくると、彼の巡礼の年』(P.084)の英語版が発売された際は、書評を「ニューヨーク・タイムズ」紙に寄稿した。現代音楽の巨匠フィリップ・グラスと組んだ音楽と朗読の来日公演「THE POET SPEAKS ギンズバーグへのオマージュ」では、彼女の朗読が村上さん&柴田元幸(P.085)さんの書き下ろし訳詩で上演され、話題になった。

バート・バカラックはお好き?(窓)
A Window /バート・バカラックハオスキ?(マド) 短

主人公の「僕」は、「ペン・ソサエティー」という会社で手紙を添削するアルバイトをしている。仕事を辞めるとき、指導していた32歳の既婚女性から昼食に招待され、彼女のマンションで手づくりハンバーグ・ステーキをごちそうになり、バート・バカラックのレコードを聞く。『カンガルー日和』(P.062)所収。後に、主人公が窓について語るエピローグが加えられ、「窓」と改題された。

ハナレイ・ベイ
Hanalei Bay 短

ピアニストのサチには19歳のひとり息子がいたが、ハワイ・カウアイ島のハナレイ・ベイでサーフィン中にサメに襲われ亡くなってしまう。それ以来、サチは、自分の店でほとんど休みなくピアノを弾き、息子の命日が近づくと3週間の休暇をとってハナレイ・ベイに行く。そして、毎日ビーチに座りながら海とサーファーたちの姿を眺め続けていた。2018年、吉田羊主演で映画化される。『東京奇譚集』(P.113)所収。

バビロンに帰る ザ・スコット・フィッツジェラルド・ブック2
Babylon Revisited /バビロンニカエル ザ・スコット・フィッツジェラルド・ブックツー 翻

村上さんの編訳による、知られざるフィッツジェラルドの短編5作品と「スコット・フィッツジェラルドの幻影」というゆかりの地を

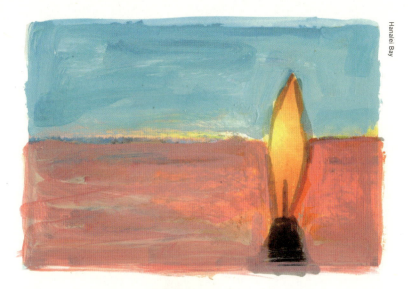

Hanalei Bay

訪ねたエッセイが収められている。本書収録の短編「バビロンに帰る（Babylon Revisited）」は、エリザベス・テイラーが主演の「雨の朝巴里に死す」として映画化もされている。

中央公論新社、1996年

ハーフタイム
HALF TIME

映画化された『風の歌を聴け』（P.058）の中で「ジェイズ・バー」（P.082）として登場する神戸（P.070）の三宮駅近くにあるバー。古いポスターが貼られ、ピンボールマシンも置かれており、物語の世界そのもの。村上ファンが、一度は訪れたいお店。

パラレルワールド
parallel world

私たちの目に見える世界ともうひとつの別の平行世界。『世界の終りとハードボイルド・ワンダーランド』（P.097）における「世界の終り」と「ハードボイルド・ワンダーランド」という2つの世界、また、『1Q84』（P.043）における1984年と1Q84年などが代表的で、村上文学の特徴のひとつ。

ハルキスト
Harukist

村上春樹ファンの通称。フランスでは「ムラカミアン」とも呼ばれている。マラソンや水

泳、アイロンかけ（P.035）、映画や音楽が好き、料理やお酒、猫や動物が好きなライフスタイルが影響を受けている人も多い。

ハルキ島
Halki ／ハルキトウ 地

ギリシア（P.065）のロードス島近くにある小さな島。「もしあなたと同じ名前のついた小さな島がエーゲ海にあったとしたら、あなただって一度はそこに行ってみたいと思うでしょう？」という言葉通り、旅行記『遠い太鼓』（P.114）には村上さんが訪れた時の思い出が書かれている。『スプートニクの恋人』（P.096）の舞台となる「ロードス島の近く」という島のモデルになったと思われる。

春の熊
Spring Bear ／ハルノクマ

「君が大好きだよ、ミドリ」、「どれくらい好き？」、「春の熊くらい好きだよ」。『ノルウェイの森』（P.125）に登場する春樹的な比喩表現として有名な台詞。

ハワイ
Hawaii 地

『ダンス・ダンス・ダンス』（P.109）の主人公「僕」は、ユキ（P.169）と一緒に、彼女の母親アメを訪ねてハワイに行くことになる。なぜハワイかと言うと、村上さんが執筆中に住んでいたローマの家があまりにも寒くて、ハワイに行きたくてしょうがなかったからだと『遠い太鼓』（P.114）の中で回想している。ちなみに『スプートニクの恋人』（P.096）や『海辺のカフカ』（P.048）の前半部分は、ハワイのカウアイ島で執筆された。村上さんは、ホノルルマラソンに出場したり、ハワイ大学で講演を行ったりしている。

Halki

ハンティング・ナイフ
Hunting Knife 短

「僕」と妻が滞在するビーチリゾートのコテージの隣には、50代の母親と車椅子に乗った息子の親子が泊まっていた。帰国する前夜、眠れなくなった「僕」は、散歩中に車椅子の息子に出会う。彼は、「僕」に見てほしいものがあるといい、折りたたみ式の小型のハンティング・ナイフを取り出した。『回転木馬のデッド・ヒート』(P.056) 所収。

パン屋再襲撃
The Second Bakery Attack ／パンヤサイシュウゲキ 集

『1973年のピンボール』(P.097) の設定を引き継いだ「双子と沈んだ大陸」(P.141) や、『ねじまき鳥クロニクル』(P.124) へと成長する「ねじまき鳥と火曜日の女たち」(P.124) など、長編へとつながる重要なエッセンスの宝庫のような短編集。短編の代表作と呼ばれる「パン屋再襲撃」(P.131) や「象の消滅」(P.100) をはじめ、「ファミリー・アフェア」(P.137)、「ローマ帝国の崩壊・一八八一年のインディアン

蜂起・ヒットラーのポーランド侵入・そして強風世界」(P.180) を収録。佐々木マキ (P.078) の表紙が内容とマッチして不思議さを醸し出している。

文藝春秋、1986年

パン屋再襲撃
The Second Bakery Attack ／パンヤサイシュウゲキ 短

真夜中にお腹をすかせた夫婦が「呪い」を解くためにパン屋を襲撃に出かけるが、開店しているパン屋がなくて、しかたなくマクドナルドを襲う。「パン屋襲撃」(P.131) の「僕」が結婚している続編的作品。2010年にメキシコとアメリカ合衆国の合作で映画化、2017年には「漫画で読む村上春樹」シリーズの一冊として、フランス人のバンド・デシネ作家、PMGLによって漫画化された。

『パン屋再襲撃』
Jcドゥヴニ／翻案
PMGL／漫画
スイッチ・パブリッシング
2017年

パン屋襲撃
The Bakery Attack ／パンヤシュウゲキ 短

まる2日水しか飲んでいない「僕」と相棒は、包丁をもってパン屋に向かった。パンをあげる見返りにワグナーを聴いていけという店主とのやり取りが奇妙な短編。「早稲田文学」1981年10月号に掲載され、糸井重里 (P.045)

との共著『夢で会いましょう』(P.170) には「パン」というタイトルで収録された。1982年、山川直人により映画化。『村上春樹全作品 1979～1989 ⑧』所収。

パン屋を襲う
The Bakery Attack ／パンヤヲオソウ 絵

村上さんの初期作品のなかでも名作といわれる「パン屋襲撃」(P.131) と「パン屋再襲撃」(P.131) という2つの短編を、ドイツの女性画家、カット・メンシックの挿絵で絵本化した大人のための童話のような一冊。

新潮社、2013年

日出る国の工場
ヒイヅルクニノコウジョウ エ

安西水丸 (P.042) との「村上朝日堂」(P.160) コンビによる工場見学エッセイ集。「工場好き」を自認する村上さんが好奇心をくすぐられたという、メタファー的人体標本工場、工場としての結婚式場、消しゴム工場、酪農工場、コム・デ・ギャルソン工場などを訪れている。アデランス工場の取材は、のちに『ねじまき鳥クロニクル』(P.124) にも影響を与えた。

平凡社、1987年

BMWの窓ガラスの形をした純粋な意味での消耗についての考察
ビーエムダブリューノマドガラスノカタチヲシタジュンスイナイミデノショウモウニツイテノコウサツ 短

全集に収録されていない幻の短編。月刊誌「IN★POCKET」1984年8月号に掲載された。裕福なのに金をたかる友人に「僕」は3万円を貸してしまう。8年後、連絡して返済を迫るが、金色のロレックスの時計をしてBMWに乗っている友人は返そうとしないという話。ちなみに『国境の南、太陽の西』(P.072) の主人公、ハジメくんが乗っているドイツ車もBMW。

ビギナーズ
Beginners 翻

レイモンド・カーヴァー (P.177) の『愛について語るときに我々の語ること』(P.034) をオリジナルに近いかたちで復元・再編集した作品。同作は、発表当時、担当編集者によって大幅に「編集」されていたのだという。

中央公論新社、2010年

飛行機——あるいは彼はいかにして詩を読むようにひとりごとを言ったか
Airplane: Or, How He Talked to Himself as If Reciting Poetry ／ヒコウキ—アルイハカレハイカニシテシヲヨムヨウニヒトリゴトヲイッタカ 短

「詩を読むようにひとりごとを言う」20歳の男の話。7つ歳上で既婚者の彼女がいる。彼

女からひとりごとについて指摘され、記録されたメモ用紙をみせられると、飛行機にまつわる詩のようなひとりごとが書かれていた。『TVピープル』(P.113) 所収。

ピーターキャット
Peter-Cat

村上さんが、1974年の春に陽子夫人と一緒に国分寺 (P.072) の南口にあるビルの地下1階にオープンしたジャズ喫茶。スタン・ゲッツ (P.095) やビル・エヴァンスといった白人のジャズが流れ、週末にはライブ演奏も行っていた。1977年に千駄ヶ谷 (P.098) へ移転し、作家としてデビュー。和田誠 (P.183)、安西水丸 (P.042)、村上龍 (P.163) なども通っていた。

ビーチ・ボーイズ
The Beach Boys 〈人〉

1961年に結成されたアメリカのロックグル ープ。『風の歌を聴け』(P.058) では、名作「カリフォルニア・ガールズ」が村上春樹訳で登場、物語のテーマソング的存在となっている。『意味がなければスイングはない』(P.045) の「ブライアン・ウィルソン 南カリフォルニア神話の喪失と再生」の中で、村上さんは、14歳の時に彼らの「サーフィンUSA」を聞いて声を失ったと書いている。ちなみに、『ダンス・ダンス・ダンス』(P.109) というタイトルは、彼らのヒット曲と同名なので作品の元ネタと思われているが、本当は「ザ・デルズ」という黒人バンドの古い曲だと『遠い太鼓』(P.114) の中で明かされている。

ビッグ・ブラザー
Big Brother

ジョージ・オーウェルの小説『1984年』に登場する「独裁者」のことで架空の人物。『1Q84』(P.043) ではリトル・ピープル (P.176) と対置する概念として作中で語られる。

羊
sheep／ヒツジ

羊男 (P.134) が村上さんの分身的存在である

ように、羊は村上ワールドを代表する動物といえる。『羊をめぐる冒険』(P.134)の執筆時に北海道を旅してまわったという村上さんは、羊についてかなり詳しく調べている。そのとき取材を受けた緬羊研究の第一人者、平山秀介さんは、東京からやって来たヒッピー風の夫妻から熱心な質問を受けたため、てっきり羊飼いになりたいのだと思っていたら、その後、サイン入りの『羊をめぐる冒険』が送られてきたというエピソードを明かしている。

羊男
The Sheep Man／ヒツジオトコ 登

『羊をめぐる冒険』(P.134)と『ダンス・ダンス・ダンス』(P.109)に登場した羊の格好をした人間。羊の毛皮を頭からすっぽりかぶっている。主人公のインナーチャイルドのような、異界の隠者的存在。「僕にとっての永遠のヒーロー」だと語る村上さんの分身的キャラクターで、絵本『羊男のクリスマス』(P.134)、『ふしぎな図書館』(P.141)、短編「シドニーのグリーン・ストリート」(P.085)、超短編「スパゲティー工場の秘密」(『象工場のハッピーエンド』(P.099)所収)など、さまざまな作品に登場している。

羊男のクリスマス
Christmas of Sheep-man／ヒツジオトコノクリスマス 絵

クリスマスのための音楽を作曲するよう頼まれた羊男(P.134)。しかし穴のあいたドーナツを食べてしまい曲をつくれない呪いにかかってしまう。呪いを解くには穴に落ちなければならず……。幻想的な佐々木マキ(P.078)の絵が楽しいクリスマス絵本。

講談社、1985年

羊をめぐる冒険
A Wild Sheep Chase／ヒツジヲメグルボウケン 長

村上さんが、経営していたジャズ喫茶「ピーターキャット」(P.133)をやめ、専業作家としてはじめて書いた長編小説。謎の組織が、背中に星形の斑紋を持った羊を追う物語。「僕」は、行方がわからなくなった友人の「鼠」(P.124)が関わっているという、人の中に住み着いてしまう奇妙な羊を探す冒険に出る。北海道を舞台に、いるかホテル(P.046)の羊博士、羊男(P.134)、耳が美しいガールフレンドなど、奇妙な記号がちりばめられた村上ワールドが繰り広げられる。

講談社、1982年

必要になったら電話をかけて
Call If You Need Me／ヒツヨウニナッタラデンワヲカケテ 翻

レイモンド・カーヴァー(P.177)の死後に発見された未発表の作品をまとめた短編集。雑誌「エスクァイア」の編集長が夫人を説得し、彼の書斎を探して3編の遺作を発見したという。

中央公論新社、2000年

人喰い猫
Man-Eating Cats ／ヒトクイネコ 短

ギリシアの小さな島で、「僕」とイズミは暮らしていた。ある日、新聞で3匹の猫に食べられてしまった老婦人の話を一緒に読んだ数日後、イズミは消えてしまう。この短編は、後に『スプートニクの恋人』（P.096）の一部となった。『村上春樹全作品 1979〜1989 ⑧』所収。

「ひとつ、村上さんでやってみるか」と世間の人々が村上春樹にとりあえずぶっつける490の質問に果たして村上さんはちゃんと答えられるのか？
「ヒトツ、ムラカミサンデヤッテミルカ」トセケンノヒトビトガムラカミハルキニトリアエズブッツケルヨンヒャクキュウジュウノシツモンニハタシテムラカミサンハチャントコタエラレルノカ？ Q

「村上朝日堂ホームページ」での読者とのメールのやりとりをまとめたシリーズ第3弾。動物園という項目では、短編「カンガルー日和」（P.062）は千葉の谷津遊園にあった動物園がモデルだったと書いてあり、作品のルーツをたどる貴重な記録となっている。

朝日新聞社、2006年

ビートルズ
The Beatles 人

レイコさん（P.177）がギターで演奏した「ノルウェイの森」をはじめ、小説『ノルウェイの森』（P.125）にはビートルズの曲がたくさん登場する。直子（P.120）の誕生日に聴くレコードが「サージェント・ペパーズ・ロンリーハーツ・クラブ・バンド」で、村上さんはこの曲を120回くらい聞きながら執筆していたそう。他にも、「ミシェル」、「ノーホエア・マン（ひとりぼっちのあいつ）」、「ジュリア」などが登場。また、ビートルズの曲名をタイトルにした短編に、「32歳のデイトリッパー」（P.080）や「ドライブ・マイ・カー」（P.117）、「イエスタデイ」（P.043）がある。

日々移動する腎臓のかたちをした石
The Kidney-Shaped Stone That Moves Every Day ／ヒビイドウスルジンゾウノカタチヲシタイシ 短

主人公の淳平は短編を得意とする31歳の小説家で、芥川賞の候補には4回選ばれた。あるパーティーでキリエという名の女性と出会い、「男が一生に出会う中で、本当に意味を持つ女は三人しかいない」という父親の言葉を思い出す。その後、彼女に話した腎臓石についての小説が文芸誌に掲載されるが、彼女とは連絡がつかなくなってしまう。淳平は、「蜂蜜パイ」（P.127）の主人公と同一人物。『東京奇譚集』（P.113）所収。

美深町

Bifuka-chō／ビフカチョウ 地

北海道北部にある町。『羊をめぐる冒険』（P.134）の十二滝町（P.087）の設定ととても似ているためモデルになったのではと言われている。JR美深駅には、村上春樹関連の書籍や美深の写真を展示した「村上春樹文庫」が作られ、ファンが集まる名所になっている。羊を飼育している松山農場の「ファームイン・トント」では、毎年「村上春樹、草原朗読会」が開催されている。

100パーセント

100%／ヒャクパーセント

「4月のある晴れた朝に100パーセントの女の子に出会うことについて」（P.083）が映画化された時のタイトルは「100%の女の子」。当時、台湾では、「100%の〇〇」というコピーが流行したという。ちなみに『ノルウェイの森』（P.125）の帯コピー「一〇〇パーセントの恋愛小説」は、村上さん自身が書いたもの。

比喩

metaphor／ヒユ

村上作品の最も面白いポイントが比喩表現。村上さんは、「そろそろ読者の目を覚まさせようと思ったら、そこに適当な比喩を持ってくるわけ。文章にはそういうサプライズが必要なんです」と『みみずくは黄昏に飛びたつ』（P.159）の中で語っている。

ビール

beer

村上作品に欠かせない飲みもの。『風の歌を聴け』（P.058）では、「僕」と「鼠」（P.124）が、缶ビールを半ダースばかり買って海まで歩き、砂浜に寝ころんで海を眺めたりして、ひと夏かけて25メートル・プール1杯分ばかりのビール（P.122）を飲み干していた。村上さんは、京都大学で行われた公開インタビューで、好きなビールは「ハワイのマウイ・ブリューイング・カンパニーの缶ビール」と答えている。また、サッポロビールのテレビCMで「走ることについて語ること」というナレーションの執筆を手がけたりもしている。

ピンクの服の女の子

ピンクノフクノオンナノコ 登

『世界の終りとハードボイルド・ワンダーランド』（P.097）に登場する、理想的に太った女の子。計算士である「私」に「シャフリング」を依頼した老博士の孫娘で17歳。好んでピンク色の服をよく着ている。村上作品の中で太っているという設定は、とても珍しい。

ビング・クロスビー
Bing Crosby 人

アメリカを代表する歌手で俳優。彼が歌う「ホワイト・クリスマス」は、村上作品にたびたび登場することで知られている。『風の歌を聴け』(P.058)で鼠(P.124)が「僕」に書いて寄越す小説の1枚目には必ず「ハッピー・バースデイ、そしてホワイト・クリスマス」と書かれている(「僕」の誕生日は12月24日)。さらに『羊をめぐる冒険』(P.134)では、主人公が「ホワイト・クリスマス」を26回聴く場面がある。『世界の終りとハードボイルド・ワンダーランド』(P.097)、『国境の南、太陽の西』(P.072)など、計4回も登場している。

貧乏な叔母さんの話
A "Poor Aunt" Story／ビンボウナオバサンノハナシ 短

「僕」は広場に腰を下ろし、連れと2人で一角獣(P.044)の銅像をぼんやり見上げていた。そんな7月のある晴れた日の午後に、なぜか突然「貧乏な叔母さん」のことを書いてみたいという思いが「僕」の心を捉える。しかし、「僕」の親戚に貧乏な叔母さんはいない……。

冒頭に明治神宮外苑、聖徳記念絵画館にある一角獣の銅像が登場する短編。『中国行きのスロウ・ボート』(P.110)所収。

ファイアズ(炎)
Fires／ファイアズ(ホノオ) 翻

レイモンド・カーヴァー(P.177)の自伝的エッセイと詩と小説が収録された作品集。カーヴァーが小説を書くきっかけになった大学の小説講座で、師匠である小説家のジョン・ガードナーはこう言った、「君たちの誰も、それに必要な『炎』というものを持っていないのだ」と。本作は、村上さんが書くことについて語ったエッセイ『職業としての小説家』(P.088)に影響を与えていると思われる。

中央公論新社、1992年

ファミリー・アフェア
Family Affair 短

主人公である「僕」と妹は東京で2人暮らし。そんな妹に渡辺昇というコンピューター・エンジニアの婚約者ができるが、「僕」は彼をまったく好きにはなれなかった。タイトルは「家庭内の問題」という意味で、1960年代にアメリカで人気があったテレビドラマの名前。日本でも「ニューヨーク・パパ」として放送されている。村上作品には珍しく、人間関係をリアルに描いており『ノルウェイの森』(P.125)にも影響を与えた。『パン屋再襲撃』(P.131)所収。

意味がなければ「比喩」はない

(隠された暗号を読み解くために)

村上文学のおもしろさと言えば、やはり「斬新な比喩表現」だ。
たとえば、『世界の終りとハードボイルド・ワンダーランド』の
「新品の棺桶のように清潔なエレベーター」とか、
「私は地球がマイケル・ジャクソンみたいにくるりと
一回転するくらいの時間はぐっすりと眠りたかった」とか。
新刊が出るたびにユニークな比喩で読者を驚かせる。
そこには、2つのイメージを重ねあわせることによって深い余韻が生まれる。
まるで圧縮された巨大な図書館を手に入れたかのような気分を味わえるのだ。

メルセデスはききわけの良い
巨大な魚のように、
音もなく夜の闇の中に消えていった。
『ダンス・ダンス・ダンス』

全ては死に絶えていた。
線を切られてしまった
電話機のような完璧な沈黙だった。
『ダンス・ダンス・ダンス』

謝肉祭の季節を迎えた
ピサの斜塔みたいに前向きで、
しっかりとした勃起だった。
『海辺のカフカ』

彼らが新宿駅くらいの長さの
ダイニング・テーブルを
持っているみたいに
感じられたものだった。
『ねじまき鳥クロニクル』

column 06 metaphor

日焼けがたまらなく魅力的だ。
まるでカフェ・オ・レの精みたいに見える。
『ダンス・ダンス・ダンス』

寝不足のおかげで顔が
安物のチーズケーキみたいに
むくんでいた。
『世界の終りと
ハードボイルド・ワンダーランド』

体がしびれ、頭が痛んだ。
誰かが僕を氷と一緒にシェーカーに入れて、
でたらめに振りまわしたみたいだ。
『羊をめぐる冒険』

彼女はシーズン初めの
野球場の芝生を思わせるような
色あいのグリーンのブレザーコートを着て、
白いブラウスに黒のボウタイを結んでいた。
『世界の終りとハードボイルド・ワンダーランド』

実際に僕が結婚の申込みに
彼女の家に行ったとき、
彼女の両親の反応はひどく冷たいものだった。
まるで世界中の冷蔵庫のドアが
一度に開け放たれたみたいだった。
『ねじまき鳥クロニクル』

フィアット 600
FIAT 600／フィアットセイチェント

『風の歌を聴け』(P.058)に登場するイタリア車。「僕」の友人である鼠(P.124)が黒塗りのフィアット600を所有しており、朝の4時過ぎに猿の檻のある公園(P.080)に突っ込んでおしゃかになる。映画化された際は、フィアット500が使われた。

フィリップ・ガブリエル
Philip Gabriel 人

日本文学の研究者で、村上作品の翻訳者のひとり。『国境の南、太陽の西』(P.072)、『スプートニクの恋人』(P.096)、『海辺のカフカ』(P.048)、『1Q84 BOOK3』(P.043)、『色彩を持たない多崎つくると、彼の巡礼の年』(P.084)などを翻訳している。

フィリップ・マーロウの教える生き方
Philip Marlowe's Guide to Life／フィリップ・マーロウノオシエルイキカタ 観

レイモンド・チャンドラー(P.177)が生み出した私立探偵フィリップ・マーロウの名言集。愛、女、死、酒、たばこなどについて、村上春樹訳によるシニカルでカッコイイ言葉がずらりと並んでいる。チャンドラーの言葉には、村上文学のルーツを感じられる。

早川書房、2018年

フィンランド
Finland 地

『色彩を持たない多崎つくると、彼の巡礼の年』(P.084)にフィンランドの街ハメーンリンナが登場。主人公、多崎つくる(P.107)の高校時代の友人で陶芸家になった「クロ」(P.068)が夏を過ごすサマーハウスがある。作曲家シベリウス生誕の地としても知られている。村上さんは実際に小説を書いた後、旅行記『ラオスにいったい何があるというんですか？』(P.174)の中でシベリウスとカウリスマキ(P.036)を訪ねる旅をしている。

フォルクスワーゲン
Volkswagen

ドイツの自動車メーカー。『1973年のピンボール』(P.097)では、配電盤のお葬式(P.126)に向かう主人公たちが、空色のフォルクスワーゲンに乗る。短編「レキシントンの幽霊」(P.178)では、主人公が緑色のフォルクスワーゲンに乗っている。また、『色彩を持たない

多崎つくると、彼の巡礼の年』(P.084)でフィンランドを訪れた多崎つくる(P.107)が借りたのは、「紺色のゴルフ」のレンタカーだった。

ふかえり
Fuka-Eri／フカエリ 登

『1Q84』(P.043)に登場する17歳の美少女。本名は、深田絵里子。カルト教団「さきがけ」(P.078)のリーダー深田保の娘であり、小説「空気さなぎ」(P.065)の作者。文字や文章の読み書きが困難なディスレクシアであるが、長い物語をまるごと暗記してしまう能力を持っている。

ふしぎな図書館
The Strange Library／フシギナトショカン 絵

主人公の「ぼく」は、図書館に本を探しに行った。受付の人に導かれ地下に行ってみると、気味の悪い老人や羊男(P.134)が現れる。短編「図書館奇譚」(P.115)を佐々木マキ(P.078)のイラストレーションで絵本化した作品。さらにカット・メンシックのイラストが付いて、ドイツのデュモン社から絵本のようなアートブック『図書館奇譚』が発売された。

講談社、2005年

不思議の国のアリス
Alice's Adventures in Wonderland／フシギノクニノアリス

イギリスの作家ルイス・キャロルによる児童文学の傑作。村上さんが大好きで、経営するジャズ喫茶「ピーターキャット」(P.133)のマッチには、この作品に登場するチェシャ猫が印刷されていた。『世界の終わりとハードボ

ルイス・キャロル／作
脇明子／訳
岩波書店、2000年

イルド・ワンダーランド』(P.097)は『不思議の国のアリス』の原形となった物語『地下の国のアリス Alice's Adventure Under Ground』のタイトルを強く意識している。また、『騎士団長殺し』(P.063)では、主人公の亡くなった妹、小径(P.073)が熱狂的なアリスファンだった。

プジョー 205
Peugeot 205／プジョーニーマルゴ

『騎士団長殺し』(P.063)の中で主人公が乗っていた赤いフランス車。この古いマニュアル車で、東北や北海道を放浪した。

双子と沈んだ大陸
The Twins and the Sunken Continent／フタゴトシズンダタイリク 短

『1973年のピンボール』(P.097)に登場する双子の、その後の物語。「僕」は渡辺昇という男と2人で小さな翻訳事務所を経営している。そして、半年ほど前に別れた「208」と「209」のトレーナーシャツを着た双子を雑誌で見かける。笠原メイ(P.057)も登場するなど、村

上作品のオールスターが勢揃いしている。『パン屋再襲撃』(P.131) 所収。

双子の女の子
Twin Girls ／フタゴノオンナノコ 登

『1973年のピンボール』(P.097)に登場する「僕」の同居人。ある朝目覚めると「僕」の両側に寝ていた。トレーナーシャツの胸に書いてある「208」と「209」のプリントでしか見分けがつかない。「僕」は双子のいれてくれたコーヒーを飲みながら、イマヌエル・カント(P.045)の著書『純粋理性批判』を何度も読み返す。絵本『羊男のクリスマス』(P.134)にも登場する。

二俣尾
Futamatao ／フタマタオ 地

『1Q84』(P.043)で登場するJR青梅線の駅。天吾(P.113)がふかえり(P.141)と一緒に、二俣尾に住む、元文化人類学者の戎野(えびすの)邸に向かうシーンがある。ふかえりが書いた小説「空気さなぎ」(P.065)が生まれた場所でもある。

冬の夢
Winter Dreams ／フユノユメ 観

スコット・フィッツジェラルド(P.091)の20代のころの短編集。29歳で発表した『グレート・ギャツビー』(P.068)の原形ともいえる「プレ・ギャツビー」の短編5作品が収められている。「罪の赦し」は、『グレート・ギャツビー』の一部として書いたものが、独立してできた短編。

中央公論新社、2011年

フラニーとズーイ
Franny and Zooey ／フラニートズーイ 観

『ライ麦畑でつかまえて』(P.174)と並ぶJ・D・サリンジャー(P.083)の代表作として知られている。「フラニー」と「ズーイ」の連作をひとつにまとめたもの。グラス家の女子大生フラニーと、兄で俳優のズーイをめぐる物語。有名な野崎孝訳版では『フラニーとゾーイー』だったが、村上春樹訳ではズーイとなっている。

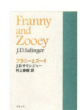

早川書房、2016年

フランツ・カフカ
Franz Kafka 人

男がある日、ベッドで目が覚めると巨大な虫

になっていた、という小説『変身』で知られるチェコの小説家。村上さんは『海辺のカフカ』(P.048)をカフカへのオマージュとして書いている。『騎士団長殺し』(P.063)の中では、騎士団長が「フランツ・カフカは坂道を愛していた。あらゆる坂に心を惹かれた」と発言している。

フランツ・カフカ賞
Franz Kafka Prize／フランツ・カフカショウ

チェコ出身の小説家、フランツ・カフカ(P.142)にちなんで作られた文学賞。第1回の受賞者はアメリカの小説家、フィリップ・ロス。2006年に村上さんが日本人作家で初の受賞。受賞スピーチで、「カフカの作品に出会ったのは15歳の時で、それは『城』。カフカは大好きな作家のひとり」と語った。

フランツ・リスト
Franz Liszt 人

19世紀を代表するハンガリーのピアニストであり作曲家。ピアノによる超絶技巧とその美貌で有名。『色彩を持たない多崎つくると、彼の巡礼の年』(P.084)はリストのピアノ曲集『巡礼の年』がタイトルになっている。さらに、そのピアノ曲集の第1年「スイス」にある「ル・マル・デュ・ペイ」(P.177)が、主人公の友人「シロ」(P.090)がよく弾いていた思い出の曲として、作品のテーマ曲のように何度も登場する。

プリンストン大学
Princeton University／プリンストンダイガク

スコット・フィッツジェラルド(P.091)の母校としても知られるニュージャージー州の大学。1991年に村上さんはこの大学の客員研究員になり、2年間滞在しながら執筆をした。当時の出来事がエッセイ集『やがて哀しき外国語』(P.168)に詳しく書かれている。

プールサイド 短

元水泳選手の「彼」は、35歳になった朝、鏡の前で自分の体をじっくり見て「俺は老いているのだ」と、人生の折りかえし地点を曲がってしまったことを確認する。「僕」がプールサイドで、水泳仲間の「彼」から聞いた「ささやかな喪失感」についての話。『回転木馬のデッド・ヒート』(P.056)所収。

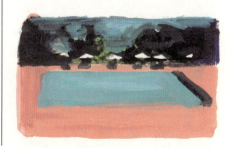

プレイバック
Playback 翻

「タフでなければ生きていけない。優しくなければ生きている資格がない」というフィリップ・マーロウの名台詞で知られるレイモンド・チャンドラー（P.177）の作品。村上春樹新訳版で生まれ変わった。

早川書房、2016年

ふわふわ
Fuwafuwa ／フワフワ 絵

「ぼくは世界じゅうのたいていの猫が好きだけれど、この地上に生きているあらゆる種類の猫たちのなかで、年老いたおおきな雌猫がいちばん好きだ」。村上さんが、子どものころに実際に飼っていた猫の話を元に、安西水丸（P.042）とのコンビで制作した絵本。

講談社、1998年

文化的雪かき
snow shoveling ／ブンカテキユキカキ

『ダンス・ダンス・ダンス』（P.109）で登場した名台詞。必要だけれど誰にも見向きもされないような文章を、「雪かき」に喩えた表現。フリーライターの「僕」とユキ（P.169）の父親である小説家、牧村拓（P.154）との会話が有名。「穴を埋める為の文章を提供してるだけのことです。何でもいいんです。字が書いてあればいいんです。でも誰かが書かなくてはならない。で、僕が書いてるんです。雪かきと同じです。文化的雪かき」、「俺がどこかで使っていいかな？　その『雪かき』っていうやつ。面白い表現だ。文化的雪かき」。ちなみに、この牧村拓（MAKIMURA HIRAKU）は、村上春樹（MURAKAMI HARUKI）のアナグラムとなっている。

平均律クラヴィーア曲集
The Well-Tempered Clavier ／ヘイキンリツクラヴィーアキョクシュウ

バッハ（P.171）が作曲した「ピアノの旧約聖書」と称えられるピアニストの聖典。『1Q84』

snow shoveling

(P.043)で、天吾（P.113）とふかえり（P.141）がはじめて交わす会話の中で登場。天吾は、「数学者にとって、まさに天上の音楽」と語り、その後もふかえりの好きな音楽として出てくる。『1Q84』のBOOK1とBOOK2の構成「各24章、計48章」は、この平均律クラヴィーア曲集のフォーマットに合わせていて、長調と短調のように、青豆（P.035）と天吾の話を交互に書いたと村上さんは語っている。

平家物語
The Tale of the Heike ／ヘイケモノガタリ

『ウォーク・ドント・ラン 村上龍 VS 村上春樹』（P.046）で、村上さんは「うちはおやじとおふくろが国語の教師だったんで（中略）『徒然草』とか『枕草子』とかね、全部頭のなかに暗記してるのね、『平家物語』とか」と子ども時代の食卓での会話について、思い出を語っている。『1Q84』（P.043）では、ふかえり（P.141）が「壇ノ浦の合戦」の部分を暗誦する場面がある。

ペット・サウンズ
Pet Sounds 翻

アメリカのバンド、ビーチ・ボーイズ（P.133）の最高傑作といわれる伝説のアルバム「ペット・サウンズ」がリリースされるまでの記録。リーダーのブライアン・ウィルソンの苦悩や悲劇が書かれたノンフィクションを村上さんが翻訳した。

新潮社、2008年

ベートーヴェン
Lutwig van Beethoven 人

ルートヴィヒ・ヴァン・ベートーヴェンは、ドイツの偉大な作曲家。村上作品では、『海辺のカフカ』（P.048）に登場するベートーヴェンのピアノ三重奏曲「大公トリオ」が有名。トラック運転手の星野くん（P.146）が喫茶店で「百万ドル・トリオ」の演奏を聴いて感銘を受け、後にCDを買い、ベートーヴェンの伝記を読むシーンがある。

辺境・近境
Frontier, Neighborhood ／ヘンキョウ・キンキョウ 紀

村上さんが世界を歩き考えた、1990年から97年までの7年間の旅の記録が詰まった紀行文集。『ねじまき鳥クロニクル』（P.124）で取り上げたノモンハン事件ゆかりの場所をめぐる「ノモンハンの鉄の墓場」や震災後の故郷を

歩く「神戸まで歩く」など。安西水丸(P.042)の挿絵とともに楽しめる「讃岐・超ディープうどん紀行」もあり、このとき訪れた高松での体験がその後『海辺のカフカ』(P.048)に影響を与えた。

新装版　新潮社、2008年

辺境・近境 写真篇
Frontier, Neighborhood／
ヘンキョウ・キンキョウ シャシンヘン 紀

『辺境・近境』(P.145)で旅した風景を、同行した写真家、松村映三の写真で堪能できる貴重な写真エッセイ集。村上さんの故郷である西宮から神戸(P.070)までを歩いた「神戸まで歩く」のみ、村上さんがひとりで歩くことを望んだため、その後に同じルートを松村さんが巡って撮影したという。

新潮社、1998年

僕
ボク 登

村上作品の特徴として、『風の歌を聴け』(P.058)、『1973年のピンボール』(P.097)、『羊をめぐる冒険』(P.134)、『ダンス・ダンス・ダンス』(P.109)の「僕と鼠4部作」をはじめ多くの作品が「僕」という一人称のスタイルで書かれている。村上さんは、『ねじまき鳥クロニクル』(P.124)を書き終えた時に「もう一人称だけではやっていけないな」と思ったそうで、『海辺のカフカ』(P.048)のナカタさん(P.120)の章、『アフターダーク』(P.038)、『1Q84』(P.043)、『色彩を持たない多崎つくると、彼の巡礼の年』(P.084)は三人称で書かれることになった。

ぼくが電話をかけている場所
Where I'm Calling From／
ボクガデンワヲカケテイルバショ 翻

1983年に日本で最初に翻訳出版されたレイモンド・カーヴァー(P.177)の短編集。収録されている8編の作品のセレクトと翻訳を村上さんが担当している。村上さんが生まれてはじめてカーヴァーを読んで感銘を受けた作品「足もとに流れる深い川(So Much Water So Close to Home)」も収められている。

中央公論社、1983年

星野くん
Mr.Hoshino／ホシノクン 登

『海辺のカフカ』(P.048)に登場する長距離トラックの運転手をしている青年。通称「ホシノちゃん」。ヒッチハイク中のナカタさん(P.120)を乗せて、四国への旅に同行する。高校を出たあと3年間、自衛隊に入隊していた。中日ドラゴンズのファン。

螢
Firefly／ホタル 短

村上さんの半自伝的エピソードを描いており、『ノルウェイの森』(P.125)の原形となった作

品。東京の大学に通う「僕」は高校時代に自殺をした友人の彼女と再会し、デートを重ねるようになる。「僕」が学生寮の屋上で見た蛍のはかない光は、やがて姿を消してしまう彼女、直子（P.120）の姿に重なる。

螢・納屋を焼く・その他の短編
Firefly, Bahn Burning and Other Short Stories ／
ホタル・ナヤヲヤク・ソノタノタンペン 集

初期の傑作短編集。安西水丸（P.042）による手描き文字だけのシンプルな装丁が斬新。収録作品は、「螢」（P.146）、「納屋を焼く」（P.121）、「踊る小人」（P.052）、「めくらやなぎと眠る女」（P.163）、「三つのドイツ幻想」（P.158）。

新潮社、1984年

ホットケーキのコカ・コーラがけ
Pancake and Coca-Cola ／
ホットケーキノコカコーラガケ

『風の歌を聴け』（P.058）に登場する名物メニュー。「鼠の好物は焼きたてのホット・ケーキである。彼はそれを深い皿に何枚か重ね、ナイフできちんと4つに切り、その上にコカ・コーラを1瓶注ぎかける」そして、「この食い物の優れた点は」と「鼠」（P.124）は「僕」に言った。「食事と飲み物が一体化していることだ」。意外とおいしいと評判のハルキ料理。

ポテト・スープが大好きな猫
The Cat Who Liked Potato Soup ／
ポテトスープガダイスキナネコ 翻

アメリカの書店でこの絵本を見つけた村上さんが、買って帰ってそのまま一気に訳してしまったという作品。テキサスの田舎に住むおじいさんと、ねずみも捕らず、のんびり暮らすポテト・スープが大好きな雌猫の日常を描いている。作者はテリー・ファリッシュ。絵はバリー・ルート。

講談社、2005年

ポートレイト・イン・ジャズ 1、2
Portrait in Jazz 1&2 エ

イラストレーターの和田誠（P.183）が描いたジャズミュージシャンの肖像に、村上さんがエッセイを添えたジャズの図鑑。タイトルは、1959年にリリースされたビル・エヴァンス・トリオのアルバム名から。

新潮社、1997年（1巻）、2001年（2巻）

ボブ・ディラン
Bob Dylan 人

半世紀にわたって活躍するアメリカのシンガー・ソングライター。詩に込められた反戦や反権力のメッセージが、世代や国境を越えて大きな影響を与えてきた。2016年には詩人としてノーベル文学賞（P.125）を受賞したことで話題に。『世界の終りとハードボイルド・ワンダーランド』（P.097）には、章タイトルの上に「Bob Dylan」という名前と絵が描かれ

Bob Dylan

ていて、作中には「風に吹かれて」、「ライク・ア・ローリング・ストーン」をはじめ、さまざまな曲が登場している。特に、ラストシーンに流れる「激しい雨」は象徴的。

ポルシェ
Porsche

高級スポーツカーで知られるドイツの自動車メーカー。『ねじまき鳥クロニクル』(P.124)の赤坂シナモン(P.036)が乗っていたのは、中古のポルシェ「911カレラ」。『色彩を持た

ない多崎つくると、彼の巡礼の年』(P.084)の登場人物、アカ(P.036)が乗っているポルシェは「カレラ4」だった。

ポール・セロー
Paul Edward Theroux 人

映画化もされた『モスキート・コースト』で有名な、世界を旅するアメリカ人作家。短編集『ワールズ・エンド(世界の果て)』(P.183)を村上さんが翻訳した。息子の作家マーセ

ル・セロー（P.156）の作品『極北』（P.065）も村上さんが手がけているため、親子2代の翻訳を担当したことになる。アジア旅行記『ゴースト・トレインは東の星へ』では、村上さんが東京を案内しており、ポール・セローをメイド喫茶に連れていったことが書かれている。

ホンダ
Honda

日本の自動車メーカー。『1Q84』（P.043）では天吾（P.113）に褒められた看護婦、安達クミが「そんな風に言われると、なんかホンダ・シビックになったような気がするね」と発言。この他、短編などにもしばしば登場する。

本田さん（本田伍長）
Mr.Honda ／ホンダサン（ホンダゴチョウ）登

『ねじまき鳥クロニクル』（P.124）に登場する占い師。従軍したノモンハンで負傷して以来、耳が遠い。綿谷家から信頼されており、本田さんの助言により、主人公の「僕」、岡田亨とクミコ（P.066）が結婚した。

本当の戦争の話をしよう
The Things They Carried ／ホントウノセンソウノハナシヲシヨウ 翻

ヴェトナム戦争を題材にしたティム・オブライエン（P.112）の短編小説集。実話なのか、ノンフィクションなのかわからなくなるようなリアルな22の短い話を村上さんが翻訳。

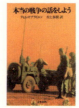

文藝春秋、1990年

翻訳
translation／ホンヤク

翻訳することが、とにかく大好きな村上さん。中学、高校時代から英語で小説を読みこんでいた。「翻訳は究極の熟読で、小説を書く勉強になる」、「物をつくる人間にとって怖いのは『井の中の蛙』になること。外に開かれた窓のような翻訳作業を大事にしたい」と翻訳について語っている。

翻訳夜話
Translation Night Story ／ホンヤクヤワ 対

柴田元幸（P.085）さんとの対談集。東京大学の柴田教室と翻訳学校の生徒、6人の中堅翻訳家に向けて行ったフォーラムの記録をまとめたもの。「僕」と「私」の翻訳の違いについて、「カキフライ理論」など翻訳に興味がない人でも楽しめる話題が多い。

文春新書、2000年

翻訳夜話2 サリンジャー戦記
Translation Night Story 2／ホンヤクヤワ2 サリンジャーセンキ 対

柴田元幸（P.085）さんとの「翻訳夜話」シリーズ2作目。『キャッチャー・イン・ザ・ライ』（P.064）に本来掲載される予定だった「訳者解説」の他、ホールデンはサリンジャーなのか？など、ひたすらJ・D・サリンジャー（P.083）について語る一冊。

文春新書、2003年

アントナン・
ベシュレル教授

ハルキストのデッド・ヒート
特別インタビュー「世界はなぜ村上春樹を読むのか？」

フランスで村上春樹を研究している
ストラスブール大学のアントナン・ベシュレル（Antonin Bechler）教授。
ヨーロッパでも人気がある講義「マンガとムラカミ」を聴くために、
この大学に進学する生徒も多いという。
授業に潜入取材をして、ベシュレル先生に村上文学の秘密について、
じっくりお話を聞きました。

SF映画の構造を持った文学

——まず、村上春樹の文学的なルーツについてはどうお考えですか？

『羊をめぐる冒険』では、すでにSF的でファンタスティックな要素が盛り込まれていますね。その語り口からは、アメリカSF映画の影響を強く受けていることがわかります。たとえば、『羊』は、フランシス・フォード・コッポラの作品「地獄の黙示録」の影響を大きく受けています。実際、アメリカSF映画の影響は、複数の村上小説の骨組みになっているんです。

——そういえば村上さんは「スター・ウォーズ」が大好きとも言っていますね。

『世界の終りとハードボイルド・ワンダーランド』の骨組みと終わり方は、リドリー・スコット監督の「ブレードランナー」の影響です。これは日本で村上が作品を執筆していた時に公開されていたものです。

column 07 interview

　また、1994～95年にかけて『ねじまき鳥クロニクル』が発表されますが、この作品はデヴィッド・リンチのTVドラマ「ツイン・ピークス」シリーズの影響です。これはちょうど村上が、プリンストン大学に滞在していた時にアメリカで放映されていました。
　──SF映画の構造を持った文学ということでしょうか。
　村上作品は、大人のファンタジーです。ジブリアニメと同じで、「癒し」を読者に与えているんです。そして、ポップな記号を意図的にちりばめているわけです。
　──確かに、記号文学とも言えますね。村上さんは一体何を書きたかったんでしょうか？
　村上が、文学のキャリアをスタートさせた背景である1980年代の日本の歴史的、経済的状況が重要です。日本の80年代は経済危機、オイル・ショックが終わった後の右肩上がりの時代で、この10年間で人々は豊かになります。日本人は個人的にも物質的にもゆとりを求めるようになり、「歴史的な記憶喪失」の形がこの時代に生まれます。
　──具体的にはどういうことでしょうか？
　村上はまるで画家のようです。彼は物語の状況をとてもよく描写できている。リアリストの面が感じられます。スタイルはとてもシンプルなのですが、ガルシア＝マルケスの本を思い出させます。完全に人工的というか『百年の孤独』と同じ原理です。主人公の話についていくと、ある時また引き戻され、結局100％無意味になるというような感じです。この印象は『海辺のカフカ』にもあります。
　──絵画でいうと、シュールレアリスムみたいな感じでもありますね。

俳句的な比喩表現

　村上は、自分でも言っていますが、彼はアメリカ文学のスタイルに影響されています。最初の小説『風の歌を聴け』を英語で書きはじめようとしたくらいです。これは伝説になっていて、本当のことかはわかりませんが、日本では村上の表現法は「日本的ではない」と考えられています。
　──村上さんは、沢山の比喩や隠喩、風変わりな対比を小説の中で使います。これはどういう効果があるのでしょうか？
　このスタイルは、アルゼンチンの作家ホルヘ・ルイス・ボルヘスを彷彿とさせます。彼の文体はある種の「透明さ」があります。少し哲学的な意味を探すとしたら、それは「無」です。空っぽの状態なのに、すごく雄弁なのです。空の空間ですから中には何も無いのですが、そこが、コミュニケーションスペースとなるのです。
　──比喩の中でコミュニケーションをするということですか？
　例えば、村上の面白い対比の比喩表現が『ねじまき鳥クロニクル』にあります。「彼女の両親の反応はひどく冷たいものだった。まるで世界中の冷蔵庫のドアが一度に開け放たれたみたいだった」とか、「グレイのシャツを着て暗闇の中にじっとうずくまっていると、彼女はまるで間違った場所に置き去りにされた荷物のように見えた」など。極めて簡単な言葉にアイロニーを含ませ、偽物のナイーブさで、現実には全く違った要素を結び、つなげている比喩なのです。
　──日本的、ということでしょうか？

まさに、日本の詩や俳句です。相反するもののぶつかり合いで生まれるイメージ。俳句などでも、そういう発想が見られます。2つの要素、相反する世界の要素をぶつかり合わせることによって、そこに詩的なビッグバンを生じさせている。私の印象では、村上の比喩は、その俳句的発想に基づいていると感じます。

——「俳句的な比喩表現」が、村上作品の魅力のひとつということですね。

読みやすく、とくに気づかないけれども、その比喩と物語の筋とは全く関連がないのです。それらは役割がないから、そこに入れられている。遠い現実の世界から取り入れられ、詩的な息づかいを与えているのです。西洋的な感覚、スタイルといわれる村上の表現法で日本的な何かがあるとしたら、この点だと思います。つまり、子ども向けではない「大人向けの作品にファンタジーを持ち込む勇気」です。全く関係のない、完全にシュールな比喩を取り入れることで小説に息吹を与えている点が魅力なのです。

大人のおとぎ話

——村上作品の一番大きなテーマは何でしょうか？

最初は、「現代人の孤独、喪失感」がメインのテーマだったと思います。「社会性と切り離されたような孤独」そして「人間関係をどういう風に修復するのか」というのが、村上春樹のひとつの大きなテーマです。修復するというのは大げさな言葉ですし、壊れた人間関係はそんなに簡単に直るわけではないので、代わりに社会性を排除した小説世界の中に、ファンタジー的な、SF的な、神話的な要素でそれを埋めあわせる、それが村上春樹の基本的なやり方ではないかと私は思っています。

——鋭い指摘ですね。ベシュレルさんは、どのあたりに面白さを感じますか？

外国人の読者にとって、彼の小説の面白さというのは、自分が強く共感できる西洋的な孤独が細かく描かれているのと同時に、それを乗り越えるための神話的な要素がちりばめられているところなんです。自分の孤独、喪失感を忘れさせるような「大人のおとぎ話」的な要素が、彼の小説では重要だと思います。

——大人のおとぎ話ですか。

例えば、フランスの読者にとっては、ファンタジー小説といえば、非常に暗い、ホラー的、スリラー的な小説しかありません。あるいは、逆にファンタジーをもっと軽く扱っているおとぎ話みたいな小説しかない。ですから、そのようなものを読みたい場合は何を読めばいいのか、という問題が生じるわけですよね。おとぎ話を読めば子ども扱いされますし、日常を忘れるために読みたいというのは、ホラーじゃないんですよね。そこで村上春樹の才能というのが非常に大きく役立っていると思います。

「癒しの文学」として

——つまり、村上作品には癒しの作用があるということなんでしょうか？

ええ、自分の孤独感、喪失感を忘れさせるような人間関係を取り戻すというのは現代人の大切なテーマです。村上春樹の小説では大体、孤立している主人公が出てきます。孤独ではなくても、主婦で子どもがい

column 07 interview

ないとか、両親がいないとか、外との関係がない、途絶えているような関係しかない、という設定となっています。だから、現代の読者が非常に入りやすい構造になっているんです。その中で、いかにその壊れた人間関係を直せるのかということが、村上文学の重要なポイントとなっています。

──つまり、読むことで人間関係を修復できると錯覚するということですか？

そう。読むことで、読者が癒されるんだと思います。どういう部分が癒しになるかというと、壊れた人間関係が、物語が進行していく途中で（特にその結末部分で）修復される、というメインの構造です。もうひとつは、異常に冷たい現代社会とは別の次元で、もっと温かい、もっと絆たっぷりのファンタジーの世界が展開されているというところですね。その点で「癒しの文学」だといえると思います。

ばらまかれた
ポップカルチャーの記号

──村上さんは、なぜ世界で読まれると思いますか？

西洋的な、ポスト・インダストリアル的な国において、彼の小説が読まれているのは確かですね。なぜかといえば、やっぱり普遍的なポップカルチャーの記号が、彼の小説にはばらまかれているので、読者たちは身近な気持ちを感じるのだと思います。

──ばらまかれた記号を楽しんでいると？

例えば、西洋の読者が村上春樹の小説を読んでいる時に、その舞台が日本だから違和感が生じるということが無いんですね。なぜなら、舞台が日本でも、村上春樹の主人公たちは、西洋的な食生活、西洋的な職業です。

──そうですね。

しかし、村上春樹の小説には神道的な要素、アニミスト的な要素が入っていて、そこは日本の文化に基づいている世界です。

──日本の人々は魔物や妖怪と共存している人種だと思っている？

それはあると思いますね。村上春樹が好きな若い読者は、大体、同じようにジブリのアニメが好きなんです。で、そのジブリアニメの中で探しているファンタジー的な癒しを今度はまた村上春樹の小説の中でも同じように探しているんじゃないかと思いますね。現実と非現実の世界が、割と調和的にまざっているような展開になっているわけですからね。

──ガルシア＝マルケスやデヴィッド・リンチと、どこが違いますか？

違っているのはやはり、軽い。そして、楽観的ですよね。デヴィッド・リンチの映画には楽観的な要素は入ってないですし。ガルシア＝マルケスの場合は、裏に潜んでいる社会的な問題を取り扱うために、ファンタジー的な要素を取り込んでいるのではないかと思います。村上春樹にはまったくそれが無くて、読者、または登場人物が、途絶えた世界との絆を癒すために、その軽い楽観的なファンタジーの要素をカメラの前に村上春樹が提供しているのではないかと思います。

──なるほど。ありがとうございました。

（フランス・ストラスブール大学にて）

マイケル・ギルモア
Mikal Gilmore 人

村上さんが翻訳した『心臓を貫かれて』(P.091)の作者で、音楽ライター。アメリカのユタ州で衝動的にガソリンスタンドを襲い店員を殺害、その後モーテルの管理人も射殺し、銃殺刑になったゲイリー・ギルモアの弟。犯罪者になった自分の家族について書いた同作は、テレビドラマ化もされ話題になった。

マイルス・デイヴィス
Miles Davis 人

「モダンジャズの帝王」と呼ばれるトランペット奏者。『風の歌を聴け』(P.058)、『世界の終りとハードボイルド・ワンダーランド』(P.097)など、村上作品にはマイルスの曲やレコードがたびたび登場する。『ノルウェイの森』(P.125)では、主人公がマイルスの古いレコードを聴きながら、長い手紙を書くシーンがある。「机の前に座って『カインド・オブ・ブルー』をオートリピートで何度も聴きながら雨の中庭の風景をぼんやりと眺めているく

らいしかやることがないのです」。ちなみに、この「雨の中の庭」は、『ノルウェイの森』の最初のタイトル案。マイルス・デイヴィスもビートルズ(P.135)に次ぐ、裏テーマソングだったのかもしれない。

マイ・ロスト・シティー
My Lost City 翻

スコット・フィッツジェラルド(P.091)の短編小説5編とエッセイ1編が収められた作品集。1981年、村上さんの記念すべき翻訳作品1冊目。表紙の絵は、洋画家の落田洋子の作品。その後、落田さんは、『世界の終りとハードボイルド・ワンダーランド』(P.097)新装版や、『ティファニーで朝食を』(P.112)で装画を担当した。

中央公論社、1981年

牧村拓
Hiraku Makimura／マキムラヒラク 登

『ダンス・ダンス・ダンス』(P.109)に登場する売れない小説家。ナイーブな青春小説の作家から突然実験的前衛作家に転向し、神奈川県の辻堂で暮らしている。ユキ(P.169)の父親。「村上春樹（MURAKAMI HARUKI）」のアナグラムとなっていて、実際に村上さんが雑誌などのライター仕事で使っていた幻のペンネームである。ちなみに、群像新人文学賞(P.068)に応募した際は、「村上春紀」というペンネームを使っていた。

マーク・ストランド
Mark Strand 人

アメリカの現代詩界を代表する詩人。村上さんがプリンストン大学(P.143)で教えていた時代に、偶然田舎町の古本屋さんで、彼の初の短編集『犬の人生』(P.045)の原書『Mr. and Mrs. Baby and Other Stories』を見つけ

牧村拓～マジック・リアリズム

たのがきっかけで翻訳した。「インテリジェントで、優しく、そして夜の闇のように深い、奇妙な味の短篇集」だと語っている。

グマックを奪うというお話。マクドナルドのようにマニュアル化された現代社会を皮肉っている。

マクドナルド
McDonald's

世界最大のハンバーガーチェーン店。短編「パン屋再襲撃」(P.131)は、深夜に空腹のためパン屋を襲おうとしたが見つからず、仕方がないので代わりにマクドナルドを襲撃してビッ

マジック・リアリズム
magic realism

日常と非日常、現実と幻想を融合した表現方法。ガルシア＝マルケスやホルヘ・ルイス・ボルヘスなどラテンアメリカ文学の作家が多く使う手法。村上作品も、夢や異世界、架空の世界を多く描いており、マジック・リアリズム的と言える。ちなみにボルヘスの著書『幻

獣辞典』は『世界の終りとハードボイルド・ワンダーランド』（P.097）で、「私」が一角獣（P.044）について調べる時、参考にした本として物語に登場する。

マセラティ
Maserati

『ダンス・ダンス・ダンス』（P.109）に登場する五反田君（P.072）が、経費を使うため乗っているイタリア車。海神であるネプチューンの鉾をエンブレムにもつ高級外車、マセラティが東京湾に飛び込むシーンが衝撃的。

マーセル・セロー
Marcel Theroux 人

イギリスの作家で、テレビキャスター。父は、『ワールズ・エンド（世界の果て）』（P.183）などで知られる作家のポール・セロー（P.148）。村上さんが親子2代にわたって翻訳を手がけている。マーセル・セローの『極北』（P.065）は、シベリアを舞台に文明が滅びた後の世界を描いたディストピア小説。

またたび浴びたタマ
Matatabi Abita Tama ／マタタビアビタタマ 集

「あ」から「わ」までの回文が、友沢ミミヨ

さんのイラストで紹介された、かるた本。「A型がええ」と村上さんが自分の血液型を告白したり、「ヨーダの留守にするのだよ」など「スター・ウォーズ」好きをアピールするなど、関西人らしい笑いのセンスが満載。

文藝春秋、2000年

街と、その不確かな壁
マチトソノフタシカナカベ 短

全集などに収録されていない幻の作品。「文學界」1980年9月号に掲載された。主人公の「僕」は、「君」から高い壁に囲まれた「街」の話を聞く。『世界の終りとハードボイルド・ワンダーランド』(P.097)の習作で、壁に囲まれたパラレルワールド(P.129)「世界の終り」の世界観の原形となっている。

マラソン
marathon

33歳から身体を整えるために走りはじめた村上さん。エッセイ集『走ることについて語るときに僕の語ること』(P.127)に、「継続すること——リズムを断ち切らないこと。長期的な作業にとってはそれが重要だ。いったんリズムが設定されてしまえば、あとはなんとでもなる。しかし弾み車が一定の速度で確実に回り始めるまでは、継続についてどんなに気をつかっても気をつかいすぎることはない」と書いている。

マルクス兄弟
The Marx Brothers／マルクスキョウダイ 人

喜劇王のチャップリンやバスター・キートンと同時代に人気があったチコ、ハーポ、グルーチョ、ゼッポという4人兄弟のコメディアン。マルクス兄弟が大好きと公言する村上さんは、ジャズ喫茶「ピーターキャット」(P.133)で上映会を開くほどだったとか。『羊をめぐる冒険』(P.134)では「僕」が別荘で鏡を見て、「まるで『ダック・スープ』のグルーチョ・マルクスとハーポ・マルクスみたい」と、マルクス兄弟が主演した映画「我輩はカモである」を連想しているシーンがある。

三島由紀夫
Yukio Mishima／ミシマユキオ 人

戦後の日本文学界を代表する小説家。1970年11月25日、自衛隊の市ヶ谷駐屯地で割腹自殺した。『羊をめぐる冒険』(P.134) の第1章「1970/11/25」の「水曜の午後のピクニック」には、テレビに三島の姿が映る様子が描かれた。この作品は、三島の著作『夏子の冒険』からの影響があるのではないか、と言われている。お嬢様の夏子が北海道に向かう途中、恋人を熊に殺され仇討ちに行く男と出会い、4本指の人喰い熊を退治するという奇妙な冒険物語である。

水と水とが出会うところ／ウルトラマリン
Where Water Comes Together with Other Water/Ultramarine／ミズトミズトガデアウトコロ／ウルトラマリン 翻

日常のささやかなできごとを、私小説のように、日記のように書いたレイモンド・カーヴァー (P.177) の詩集。ある日、突然電話がかかって来たり、動物園に行ったり、本を読んだり、オーケーと言ったり。村上文学の原点に触れるような空気感の作品が、多く収録されている。

中央公論新社、1997年

三つのドイツ幻想
Three German Illusions／ミッツノドイツゲンソウ 短

「冬の博物館としてのポルノグラフィー」、「ヘルマン・ゲーリング要塞1983」、「ヘルWの空中庭園」という奇妙なタイトルの3章から構成されている散文詩のような連作の短編。雑誌「BRUTUS」のドイツ特集で取材した実体験をもとに書かれている。ちなみに、ヘルマン・ゲーリングとは、ドイツ軍の最高位・帝国元帥で、ナチス政権のナンバー2だった人物の名前。『螢・納屋を焼く・その他の短編』(P.147) 所収。

緑
Midori／ミドリ 人

『ノルウェイの森』(P.125) に登場する「僕」と同じ大学に通う、小林緑。四ッ谷駅付近の私立の女子中学、高校に進み、実家は書店を経営している。母を亡くし、父は入院中。映画化された際は、水原希子が演じた。

緑色の獣
The Little Green Monster／ミドリイロノケモノ 短

主婦の「私」が庭にある一本の椎の木を見ていると、根元の地面が盛り上がり、緑色の獣が這い出てきた。獣は私にプロポーズしてくるが、私が思い付く限りの残酷な仕打ちを想像すると消えてしまう。「緑色」は村上作品にたびたび登場する「生」を象徴する色。『ノルウェイの森』(P.125) の緑 (P.158)、『色彩を持たない多崎つくると、彼の巡礼の年』(P.084) の緑川 (P.159) は物語の中で重要な役割を果

The Little Green Monster

たしている。『レキシントンの幽霊』(P.178)所収。

緑川
Midorikawa／ミドリカワ 登

『色彩を持たない多崎つくると、彼の巡礼の年』(P.084)に登場したジャズピアニスト。多崎つくる(P.107)の友人、灰田の父親が、大分の温泉で出会い「死のトークン」の話をした特殊な才能を持つ男。

耳
ear／ミミ

『羊をめぐる冒険』(P.134)の美しい耳を持つガールフレンドなど、村上作品には「耳」に関する描写が数多く登場する。『1Q84』(P.043)にはふかえり(P.141)の小振りなピンク色の一対の耳を見た天吾(P.113)が「現実の音を聞きとるためというよりは、純粋に美的見地から作成された耳」だと感じ、「できたばかりの耳と、できたばかりの女性性器はとてもよく似ている」と思うシーンがある。

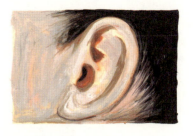

みみずくは黄昏に飛びたつ
川上未映子訊く 村上春樹語る
Haruki Murakami A Long, Long Interview by Mieko Kawakami／
ミミズクハタソガレニトビタツ
カワカミミエコキク ムラカミハルキカタル 対

作家の川上未映子(P.061)が村上さんに11時間インタビューした記録をまとめた対談本。『騎士団長殺し』(P.063)誕生秘話からノーベル文学賞(P.125)の話題まで鋭い質問への返

答が興味深い。村上さん が「小説を書かなくなっ たら、青山あたりでジャ ズクラブを経営したい」 なんて発言もしている。

新潮社、2017年

ミユウ
Miu 登

『スプートニクの恋人』(P.096)に登場し、す みれ(P.096)が記念碑的な恋に落ちた39歳の 女性。国籍は韓国で日本生まれの日本育ち。 ワインの輸入、音楽関係のアレンジメントを 仕事にしている。愛車は、濃紺のジャガー。

村上朝日堂
Murakami Asahido／ムラカミアサヒドウ エ

村上さんが35歳の時に出版された初のエッ セイ集。「『引越し』グラフィティー(1)〜(6)」 ではこれまでに住んだ街の紹介をしたり、「あ りあわせのスパゲティー」(P.040)の作り方 を教えてくれたりと、ほっこりするエピソー ドが盛りだくさん。付録の「カレーライスの 話」と「東京の街から都電のなくなるちょっ と前の話」では、「文・ 安西水丸　画・村上春樹」 と立場を逆転させて書い ている。後に全7冊とな る安西水丸(P.042)との 名コンビ「村上朝日堂シ リーズ」の記念すべき第 1弾。

若林出版企画、1984年

村上朝日堂
超短篇小説 夜のくもざる
Spider-monkey at Night／ ムラカミアサヒドウチョウタンペンショウセツ ヨルノクモザル 集

安西水丸(P.042)とのコラボによる超短編小 説集。『ねじまき鳥クロニクル』(P.124)と同 じ名前の笠原メイ(P.057)が登場する「うなぎ」、 ボブ・ディラン(P.147)の名曲「A Hard Rain's A-Gonna Fall」をタイトルにした「激しい雨 が降ろうとしている」、ドーナツ化した恋人 の話「ドーナツ化」など、 短いながらも傑作が揃っ ている。ちなみにタイト ルは、作曲家ラヴェルの 「夜のガスパール」のパ ロディ。

平凡社、1995年

村上朝日堂の逆襲
ムラカミアサヒドウノギャクシュウ エ

雑誌「週刊朝日」に連載されたコラム「週刊 村上朝日堂」をまとめたエッセイ集。単行本 にのみ収録されている「芥川賞について覚え ているいくつかの事柄」では、テレビや新聞 の取材が来るので、あれ はけっこう面倒なもので ある、と語っていて面白 い。安西水丸(P.042)に よる、「村上さんの似顔 絵の描き方」が載ってい るのも貴重。

朝日新聞社、1986年

村上朝日堂はいかにして
鍛えられたか
ムラカミアサヒドウハイカニシテキタエラレタカ エ

雑誌「週刊朝日」に連載されたコラム「週刊 村上朝日堂」をまとめたエッセイ集その2。 「全裸家事主婦クラブ」や「ラブホテルの名 前大賞」などゆるい話題 がいっぱい。ちなみに、 安西水丸(P.042)さんが 亡くなった2014年、「週 刊朝日」に1回だけ「村 上朝日堂」が復活し、特 別編として村上さんの寄 稿エッセイ「描かれずに

朝日新聞社、1997年

終わった一枚の絵―安西水丸さんのこと―」が掲載された。

村上朝日堂はいほー！
ムラカミアサヒドウハイホー！ ㊤

ファッション誌「ハイファッション」の連載をまとめたエッセイ集。千葉に住んでいたころの、客の素性を知りたがる「千葉県タクシー・ドライヴァー」の話など、村上さんのまわりのローカルな話題が多い。「チャールストンの幽霊」は、サウスカロライナ州南東部の街チャールストンでは幽霊がいない旧家を見つけるのが難しいという話で、短編「レキシントンの幽霊」（P.178）の原形のようで興味深い。

文化出版局、1989年

村上かるた うさぎおいしーフランス人
ムラカミカルタ ウサギオイシーフランスジン ㊅

安西水丸（P.042）とのコンビで作られた、あいうえお順かるた風の超短編集。斬新なギャグのようなダジャレのような言葉遊びの連発で、村上さんは、ときどき、こういう「脳減る賞」方向のへんてこな何かが勝手に吹き出してくる、と語っている。「はと麦畑でつかまるのはクワガタくらい」、「ホットケーキのおかわりも三度まで」と、村上さんらしいキーワードもたくさん登場する。

文藝春秋、2007年

村上さんのところ
Haruki Murakami to be an Online Agony Uncle／ムラカミサンノトコロ ⓠ

期間限定サイト「村上さんのところ」で3カ月半にわたって読者の質問に答え続けた3500通以上の回答の中から、村上さん自身がセレクトした名回答にフジモトマサルさんのイラストマンガが付いて書籍化。「『1Q84』（P.043）の続編Book 4を書こうか迷っていた」など貴重な村上さんの本音が満載。「全回答」を完全収録した電子書籍のコンプリート版もある。

新潮社、2015年

村上主義者
Murakamism／ムラカミシュギシャ

『村上さんのところ』（P.161）の中で、村上春樹ファンの通称となっている「ハルキスト」（P.129）についての質問に対して、村上さんが提案した新しい愛称。「『あいつは主義者だから』なんていうと、戦前の共産党員みたいでかっこいい」とか、「腕に羊のタトゥーをして『おれは村上主義者だから、へたなことは言わない方がいいぜ』なんてね」と読者にはこうあって欲しいと熱く語っている。ちなみにフランスでは、ハルキストのことを「ムラカミアン」と呼ぶことがある。

村上ソングズ
Murakami Songs／ムラカミソングズ ㊤

ジャズ、スタンダード、ロックなど村上さんが大好きなポピュラーソングを翻訳して、和田誠（P.183）の絵と共に紹介するエッセイ集。「Loneliness Is a Well（孤独は井戸）」、「On a Slow Boat to China（中国行きのスロウ・ボート）」、「Mr. Sheep（羊くん）」など、村上作品おなじみのキーワードを巡る音楽が紹介されていて楽しい。

中央公論新社、2007年

村上春樹、河合隼雄に会いにいく
ムラカミハルキ、カワイハヤオニアイニイク 対

河合隼雄（P.061）と村上さんの対談集。京都で2晩かけておこなわれ「第一夜 『物語』で人間はなにを癒すのか」と「第二夜 無意識を掘る"からだ"と"こころ"」で構成されている。小説を書くことは「自己治療的な行為」だという話や、デタッチメントからコミットメント（P.073）への変化について、結婚は「井戸掘り」であること、他にも箱庭療法から源氏物語までと、興味深い話が盛りだくさん。

岩波書店、1996年

村上春樹 雑文集
Haruki Murakami Written Notes／ムラカミハルキ ザツブンシュウ エ

村上さんの未収録、未発表の文章から、エッセイ、あいさつ、評論、超短編小説、結婚式の祝電までをまとめた貴重な記録。デビュー作『風の歌を聴け』（P.058）の群像新人文学賞（P.068）受賞の言葉、『海辺のカフカ』（P.048）中国語版の序文「柔らかな魂」など知られざる村上さんの文章に触れることができる。

新潮社、2011年

村上春樹とイラストレーター
ムラカミハルキトイラストレーター

東京のちひろ美術館で2016年に開催された展覧会のタイトル。佐々木マキ（P.078）、大橋歩（P.051）、和田誠（P.183）、安西水丸（P.042）が村上作品の装画や挿絵のために描いたイラストレーションが展示された。村上さんが所有している、佐々木マキが制作した『風の歌を聴け』（P.058）、『1973年のピンボール』（P.097）、『羊をめぐる冒険』（P.134）初期3部作の表紙絵は、かつてジャズ喫茶「ピーターキャット」（P.133）にも飾られていたもので、この展覧会で初公開された。

村上春樹ハイブ・リット
ムラカミハルキハイブ・リット 翻

柴田元幸（P.085）の総合監修、村上春樹の編訳による、文学で英語を学ぶためのCDブック。ティム・オブライエン（P.112）『本当の戦争の話をしよう』（P.149）から、短編「On the Rainy River／レイニー河で」、レイモンド・カーヴァー（P.177）『A Small, Good Thing／ささやかだけれど、役にたつこと』（P.079）から同名の短編、『回転木馬のデッド・ヒート』（P.056）から短編「Lederhosen／レーダーホーゼン」（P.179）の3編を選出。原文、日本語訳、英語朗読を収録している。

アルク、2008年

村上春樹 翻訳（ほとんど）全仕事
ムラカミハルキ ホンヤク（ホトンド）ゼンシゴト エ

翻訳家、村上春樹の全貌を伝える一冊。1981年の『マイ・ロスト・シティー』（P.154）以降、小説、詩、ノンフィクション、絵本など翻訳した作品は、36年で70点以上。その翻訳（ほとんど）全仕事を紹介している。「対談 村上春樹×柴田元幸 翻訳について語るときに僕たちの語ること」も同

中央公論新社、2017年

時収録。

村上ラヂオ
Murakami Radio ／ムラカミラヂオ 匸

雑誌「an・an」の連載をまとめたエッセイ集。カバー・挿絵の銅版画は、大橋歩（P.051）。ワイン、パスタ、ドーナッツ、うなぎ、猫など村上さんらしいネタの宝庫。特に「ドーナッツの穴はいつ誰が発明したかご存じですか？」は読んでおきたい。同シリーズに『おおきなかぶ、むずかしいアボカド 村上ラヂオ2』（P.051）、『サラダ好きのライオン 村上ラヂオ3』（P.080）がある。注目すべきは、「柳よ泣いておくれ」の章で、「柳の擬人化したくなる生命力」について語っている部分。柳の木は、短編「木野」（P.064）や、『色彩を持たない多崎つくると、彼の巡礼の年』（P.084）の名古屋のシーンなどで登場し、不気味な存在感を放っている。

マガジンハウス、2001年

村上龍
Ryu Murakami ／ムラカミリュウ 人

『限りなく透明に近いブルー』で群像新人文学賞（P.068）、及び芥川龍之介賞を受賞しデビューした小説家。ほぼ同時期にデビューを果たしたこともあり、当時は村上さんと「W村上」と呼ばれていた。1981年に対談集『ウォーク・ドント・ラン』（P.046）も出版。2人とも猫好きで、村上さんは龍さんから譲ってもらった猫を飼っていたこともある。

めくらやなぎと眠る女
Blind Willow, Sleeping Woman ／メクラヤナギトネムルオンナ 集

アメリカのクノップフ社で編集、出版された村上さん自選短篇集の日本語版。「めくらやなぎと眠る女」（P.163）、「バースデイ・ガール」（P.127）、「ニューヨーク炭鉱の悲劇」（P.122）、「飛行機——あるいは彼はいかにして詩を読むようにひとりごとを言ったか」（P.132）、「鏡」（P.056）、「我らの時代のフォークロア——高度資本主義前史」（P.183）、「ハンティング・ナイフ」（P.131）、「カンガルー日和」（P.062）、「かいつぶり」（P.056）、「人喰い猫」（P.135）、「貧乏な叔母さんの話」（P.137）、「嘔吐1979」（P.050）、「七番目の男」（P.121）、「スパゲティーの年に」（P.096）、「トニー滝谷」（P.116）、「とんがり焼の盛衰」（P.117）、「氷男」（P.071）、「蟹」（P.059）、「螢」（P.146）、「偶然の旅人」（P.065）、「ハナレイ・ベイ」（P.128）、「どこであれそれが見つかりそうな場所で」（P.115）、「日々移動する腎臓のかたちをした石」（P.135）、「品川猿」（P.085）と傑作24編を所収。

新潮社、2009年

めくらやなぎと眠る女
Blind Willow, Sleeping Woman ／メクラヤナギトネムルオンナ 短

耳の治療のため、いとことバスに乗って病院へ向かった「僕」の奇妙な物語。ロングバージョンは、短編集『螢・納屋を焼く・その他の短編』（P.147）に、ショートバージョンは短編集『レキシントンの幽霊』（P.178）とアメリカで編集された短編集『めくらやなぎと眠

る女』(P.163) 所収。

メタファー
metaphor

村上さんの比喩表現は、小説家レイモンド・チャンドラー (P.177) からの影響が大きい。その中でも特徴的なのがメタファー（暗喩）である。作品内でも『海辺のカフカ』(P.048) で「世界の万物はメタファーだ」というゲーテの言葉を大島さん (P.051) が引用して、「でもね、僕にとっても君にとっても、この図書館だけはなんのメタファーでもない。この図書館はどこまで行っても——この図書館だ」と語る台詞がある。『騎士団長殺し』(P.063) の第2部「遷ろうメタファー編」では、絵画の中から現れた「顔なが」という人物が自分はメタファーだと名乗る。そして、「私」を「二重メタファー」という危険な生きものが潜む「メタファー通路」へと案内する。

メルセデス・ベンツ
Mercedes-Benz

成功者あるいは謎めいた登場人物の車として象徴的に描かれている。『国境の南、太陽の西』(P.072) では、主人公ハジメくんのお義父さんである社長や、娘が通う幼稚園で出会うお金持ちの母親が乗っている。短編「タイランド」(P.106) に登場する優秀だけれども謎めいたガイド兼運転手のニミットは、車体にしみひとつない宝石のように美しく磨き込まれた紺色のベンツを所有している。

免色渉
Wataru Menshiki／メンシキワタル 人

『騎士団長殺し』(P.063) に登場する54歳の独身男性。主人公「私」のアトリエの向かいにある豪邸に3年ほど前から住んでおり、「私」に自身の肖像画制作を依頼した。インサイダー取引と脱税の容疑で検察に検挙された過去がある。秋川まりえ (P.036) が自分の娘ではないかと思っている。

もし僕らのことばが ウィスキーであったなら
If Our Language is Whisky／
モシボクラノコトバガウィスキーデアッタナラ 紀

ウィスキー (P.046) の故郷を訪ねた旅を、陽子夫人の写真とともにつづった紀行エッセイ。村上さんは、スコットランドのアイラ島に行き、ボウモアとラフロイグの蒸留所を見学して飲み比べ、「シューベルト

平凡社、1999年

(P.087)の長い室内楽を聴くときのように、目を閉じて息を長くとって味わったほうが、味の底が一枚も二枚も深くなる」と語っている。本タイトルはその後、パロディ「もし……であったらなら」をたくさん生み出した。

モーツァルト
Wolfgang Amadeus Mozart Ⓐ

オーストリア出身の18世紀の天才作曲家。『騎士団長殺し』(P.063)はモーツァルトの歌劇「ドン・ジョヴァンニ」が題材になった。『スプートニクの恋人』(P.096)では、「すみれ」というモーツァルトの歌曲が登場人物の名前の由来になっていて、『ねじまき鳥クロニクル』(P.124)では、「ねえ、それってなんだかモーツァルトの『魔笛』みたいな話じゃない」という台詞が登場する。

物語
story／モノガタリ

「小説家とは、もっとも基本的な定義によれば、物語を語る人間のことである」。村上さんは作家である自分のことを、人間が洞窟に住んでいた時代の「たき火の前の語り手」のひとりの末裔であると表現している。「そこ〔物語〕には謎があり、恐怖があり、喜びがある。メタファー(P.164)の通路があり、シンボルの窓があり、寓意の隠し戸棚がある。僕が小説を通じて描きたいのは、そのような生き生きとした、限りない可能性を持つ世界のあり方なのだ」と『村上春樹 雑文集』(P.162)の「物語の善きサイクル」の中で語っている。そして、「良質な物語をたくさん読んで下さい（中略）良質な物語は、間違った物語を見分ける能力を育てます」と『これだけは、村上さんに言っておこう』(P.073)でアドバイスしている。

森の向う側
モリノムコウガワ

短編小説「土の中の彼女の小さな犬」(P.111)を映画化した作品。「森を探しに行く」と言って消息を絶った友人を探すため、海辺のリゾートホテルへ行き、そこで偶然に出会った男と女の心の触れ合いを描いた作品。

村上春樹図書館（あるいは精神安定剤としての本棚）

村上春樹の研究書や解説本は、いったい何冊あるのだろうか？ 1980年代から続々出版されるようになり、雑誌やムックなどを含めると、その数は100冊以上になる。評論や文学研究、ひとつの作品について徹底的に解読した本、初心者向けにあらすじを紹介する入門書、料理や音楽などテーマで掘り下げた解説書、作品の舞台となった場所を巡るガイドブックなど、ジャンルは多岐にわたる。その中でも、特に興味深い内容のものをまとめてみた。レアなものでは、アメリカの出版社ヴィンテージ・ブックスから出ている村上作品をテーマにした手帳などもある。

1｜初期のキーワードで読み解く研究本

『Happy Jack 鼠の心――村上春樹の研究読本』高橋丁未子／編、北宋社、1984年。評論、座談会、BGM辞典、「僕」と「鼠」の年譜などで、『羊をめぐる冒険』までの初期3作品を考察。

『羊のレストラン――村上春樹の食卓』高橋丁未子／著、CBS・ソニー出版、1986年。村上文学に隠されたメッセージを、料理、酒など作品に登場する食卓から検証した評論とエッセイ。

『象が平原に還った日 キーワードで読む村上春樹』くわ正人、久居つばき／著、新潮社、1991年。「風の歌」、「羊」、「ハートフィールド」など物語のキーワードを、独自の視点で分析した解説本。

2｜村上春樹をとことん解説

『村上春樹イエローページ』加藤典洋／編、荒地出版社、1996年。31名の共同作業で、作品の丁寧な年表や、図表、統計を制作、小説のおもしろさを分析した研究本。

『村上春樹にご用心』内田樹／著、アルテスパブリッシング、2007年。ノーベル賞受賞奉祝の予定稿を12年書いている思想家、内田樹による画期的な村上春樹論。

『村上春樹を読みつくす』小山鉄郎／著、講談社現代新書、2010年。文芸記者の著者が、羊男、ドーナツ、井戸などおなじみのキーワードを斬新な切り口で徹底解説。

『村上春樹と私』ジェイ・ルービン／著、東洋経済新報社、2016年。村上作品をアメリカに紹介してきた翻訳者ルービンが村上春樹や翻訳について語ったエッセイ。

column 08 **library**

3 | テーマ別に深掘り

料理

『村上レシピ』『村上レシピ プレミアム』台所でよむ村上春樹の会／編、飛鳥新社、2001年。村上作品やエッセイに登場する美味しそうな料理を実際に再現、そのレシピを紹介。

音楽

『「村上春樹」を聴く。ムラカミワールドの旋律』小西慶太／著、CCCメディアハウス、2007年。長編、短編あわせた村上作品に登場するすべての曲とアーティストを解説。付録CD付き。

猫

比喩

散歩

『さんぽで感じる村上春樹』ナカムラクニオ、道前宏子／著、ダイヤモンド社、2014年。北海道から神戸まで、村上作品の舞台となった場所を歩いて感じるための徹底解説本。

『村上春樹とネコの話』鈴村和成／著、彩流社、2004年。「猫と作家」、「猫と文学」の系譜を織り交ぜつつ、猫の文脈から村上作品を読み解く一冊。

『村上春樹 読める比喩事典』芳川泰久、西脇雅彦／著、ミネルヴァ書房、2013年。特徴的な比喩表現から作品の魅力を解説。映画、乗りもの、動物などテーマ別の比喩まとめが楽しい。

短篇

『短篇で読み解く村上春樹』村上春樹を読み解く会／編、マガジンランド、2017年。村上春樹の短編の魅力を伝えるべく全短編を紹介。長編の隠された謎が解けるかも。

4 | 海外の研究本

【アメリカ】
『Murakami Diary 2009』Vintage Books、2009年。村上文学をイメージした画像や、作品の名言がちりばめられた手帳。

【ポーランド】
村上文学を愛するポーランド人の著者が、作品ゆかりの場所をめぐった東京のガイドブック。

【タイ】
タイ語で書かれた村上春樹の入門書。巻末には全作品のブックリストを各国の翻訳本とともに紹介。

【台湾】
中国語で書かれた作品の舞台を巡る写真エッセイ。「東京／旅」、「ギリシア／猫」の2冊がある。

やがて哀しき外国語
ヤガテカナシキガイコクゴ ㊅

村上さんが、アメリカのプリンストン大学(P.143)に客員研究員として滞在した約2年間のあれこれがまとめられたエッセイ集。スティーヴン・キング的なアメリカ郊外の奇妙な事件についてや、日米の洋服のギャップと「バナナ・リパブリック」で洋服を買っていることなど日常生活の貴重なエピソードが満載。

講談社、1994年

野球場
ヤキュウジョウ ㊂

野球場の隣のアパートに住んでいた青年は、毎日、カメラの望遠レンズで好きな女の子の部屋を覗いていたという話を、聞き書き小説風に描いた短編。作中の青年が、語り手である「僕」に送った小説は、のちに短編「蟹」(P.059)としてアメリカで出版された短編集『めくらやなぎと眠る女』(P.163)の中で発表された。『回転木馬のデッド・ヒート』(P.056)所収。

約束された場所で underground2
ヤクソクサレタバショデ アンダーグラウンド2／
At the Promised Land Underground 2 ㊉

地下鉄サリン事件を起こしたオウム真理教の信者8人にインタビューをした、ノンフィクション『アンダーグラウンド』(P.042)の第2弾。「ここは、私が眠りについたときに／約束された場所だ。目覚めているときには奪い去られていた場所だ。／ここは誰にも知られていない場所だ。」というマーク・ストランド(P.154)の詩が冒頭に引用されており、「約束された場所で」というタイトルは、ここからの引用。

文藝春秋、1998年

やみくろ
INKlings／ヤミクロ

『世界の終りとハードボイルド・ワンダーランド』（P.097）に登場する、東京の地下の闇に住む謎の魔物のこと。知性と宗教を持っているが、地上の人々は誰もその存在を知らない。地下鉄の軌道を支配している。

やれやれ
Just great/Oh, brother／ヤレヤレ

村上作品のどこか冷めた主人公たちが、しばしば口に出すセリフ。この世界の不条理さとあきらめを表現している魔法の言葉。『1973年のピンボール』（P.097）で「やれやれ」が初登場して以来『騎士団長殺し』（P.063）までたくさんの「やれやれ」が書かれている。英語では、「Just great」や「Oh, brother」と訳されている。

ユキ
Yuki 〈登〉

『ダンス・ダンス・ダンス』（P.109）に登場する重要人物。主人公の「僕」が、札幌のドルフィン・ホテルで出会った13歳の美少女。自由奔放な母親が置きざりにしたユキを「僕」が東京まで送り届けたことで親しくなる。父親は、小説家の牧村拓（P.154）。ナイーブな青春小説の作家から突然実験的前衛作家に転向したとあり、村上さん自身を思わせる設定。

柚
Yuzu／ユズ 〈登〉

『騎士団長殺し』（P.063）に登場する主人公の離婚した妻。愛称は、ユズ。『色彩を持たない多崎つくると、彼の巡礼の年』（P.084）でも、シロ（P.090）の本名が白根柚木で「ユズ」という愛称でも呼ばれていたが、別人である。

UFOが釧路に降りる
U.F.O in Kushiro／ユーフォーガクシロニオリル 〈短〉

テレビで阪神大震災のニュースを見ていた妻が消えた。主人公は休暇をとって釧路に行き、「UFOを見た奥さんが子供2人を置いて出て行った話」を聞くことになる。村上さんは『ランゲルハンス島の午後』（P.174）所収のエッセイ「UFOについての省察」の中で、「ある女の子に『ハルキさんはUFOも見られないからダメなのよ』という意味のことを言われた。（中略）小説家としてやっていくにはUFOのひとつくらい見ておかねばならないのかもしれない。UFOか幽霊くらいちょっと見ておくと、芸術家としてのハクがつきそうである」と語っている。『神の子どもたちはみな踊る』（P.060）所収。

ユミヨシさん
Ms.Yumiyoshi ／ユミヨシサン 登

『ダンス・ダンス・ダンス』（P.109）に登場するドルフィン・ホテルのフロントで働く「ホテルの精みたい」な女性。眼鏡女子。23歳で、実家は旭川（P.037）の近くで旅館を経営している。

夢で会いましょう
Let's Meet in a Dream ／ユメデアイマショウ 集

糸井重里（P.045）とのコンビで、片仮名の外来語をテーマにして書かれたショートショート集。村上さんが実際にピンボールマシーンを所有している話が書かれた「ピンボール」など98編。「パン屋襲撃」（P.131）が「パン」というタイトルで掲載されている。村上さんが書いた「シゲサト・イトイ」、糸井さんが書いた「ハルキ・ムラカミ」などもある。

冬樹社、1981年

夢を見るために毎朝僕は目覚めるのです
村上春樹インタビュー集
1997-2009
ユメヲミルタメニマイアサボクハメザメルノデス
ムラカミハルキインタビューシュウ 1997-2009 王

村上さんの貴重なインタビュー集。物語が生まれた経緯、執筆にまつわるエピソードなどが詳しく語られている。「書くことは、ちょうど、目覚めながら夢見るようなもの」、「短編小説はどんな風に書けばいいのか」、「走っているときに僕のいる場所は、穏やかな場所です」、「ハルキ・ムラカミ あるいは、どうやって不可思議な井戸（P.044）から抜け出すか」など、海外からの取材に答えた重要な発言もたくさん読むことができる。

文藝春秋、2010年

ユング
Carl Gustav Jung 人

スイスの精神科医で、心理学者。村上さんは、ユング派の心理学者である河合隼雄（P.061）とも親しく造詣が深い。『1Q84』（P.043）では、さきがけ（P.078）のリーダーが「影は、我々人間が前向きな存在であるのと同じくらい、よこしまな存在である」とユングの言葉を引用、さらにタマル（P.108）が殺人を犯す前に、ユングが思索のために自ら石を積んで建てた「塔」の入口に刻んだ「冷たくても、冷たくなくても、神はここにいる」という言葉を引用している。

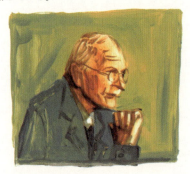

予期せぬ電話
unexpected phone ／ヨキセヌデンワ

『ねじまき鳥クロニクル』（P.124）の冒頭では、主人公がロッシーニの「泥棒かささぎ」を聞きながらスパゲティーを茹でている時に、知らない女から電話がかかってくる。短編「女のいない男たち」（P.053）では、夜中の1時過ぎに電話がかかってきて、かつての恋人の夫が悲報を告げる。『ダンス・ダンス・ダンス』（P.109）の中には「線を切られてしまった電話機のような完璧な沈黙」という比喩（P.136）があり、「電話」がコミュニケーションの象徴であることを示している。

四谷
Yotsuya ／ヨツヤ 地

『ノルウェイの森』(P.125) の中で、中央線の車内で偶然再会した「僕」と直子 (P.120) が、四ッ谷駅で降り、線路わきの土手を市ヶ谷に向かって歩いて、飯田橋から神保町、お茶の水、本郷、そして駒込まで、日が暮れるまでひたすら歩き続ける場面が登場する。

ヨハン・セバスチャン・バッハ
Johann Sebastian Bach 人

18世紀ドイツで活躍したバロック音楽の巨人。西洋音楽の基礎を構築し、「音楽の父」と呼ばれる。『1Q84』(P.043) ではバッハの「平均律クラヴィーア曲集」(P.144) が登場し、作品の構造に大きな影響を与えている。また、ふかえり (P.141) が、「マタイ受難曲」を暗唱するシーンもある。ちなみに、村上さんは手書きで原稿を書いていたとき、右手の使い過ぎになりがちな身体のバランスを整えるため、両手を均等に動かせるバッハの「二声のためのインヴェンション」をピアノで弾いていたと『村上春樹 雑文集』(P.162) の中で書いている。

夜になると鮭は‥‥
At Night the Salmon Move ／ヨルニナルトサケハ‥‥ 翻

レイモンド・カーヴァー (P.177) の短編、エッセイ、詩が収められた作品集。「夜になると鮭は／川を出て街にやってくる／フォスター冷凍とかA＆Wとかスマイリー・レストランといった場所には／近寄らないように注意はするが／でもライト・アヴェニューの集合住宅のあたりまではやってくるので／ときどき夜明け前なんかには／彼らがドアノブをまわしたり／ケーブルTVの線にどすんとぶつかったりするのが聞こえる」という奇妙な詩が素晴らしい。

中央公論社、1985年

「やれやれ」について語るときに我々の語ること。

「やれやれ」という嘆きのささやきは、「夢」や「希望」の対極としてではなく、その一部として存在する。村上作品では、主人公の「僕」や彼女たちが、ほっとしたり、がっかりした時に、よくこの「やれやれ」という言葉を口にする。しかし、皮肉や落胆を表すこの感嘆詞は、本当に絶望している時ではなく、やや斜め上から世界を眺める時に使われているのだ。

「やれやれ」は、ある種のリズムを生み出す魔法の言葉でもある。歴史的に見ると夏目漱石なども使っているが、一番大きな影響を与えたのは、スヌーピーの「やれやれ」ではないか（と思う）。チャールズ・M・シュルツの漫画『ピーナッツ』の主人公であるスヌーピーがため息をつく時に「Good grief」というのだが、谷川俊太郎さんによる日本語訳では、これが「やれやれ」と翻訳されているのだ。実際に、「やれやれ」がたくさん登場するようになった村上春樹の記念碑的作品『羊をめぐる冒険』の中には「スヌーピーがサーフボードを抱えた図柄のTシャツに、まっ白になるまで洗った古いリーヴァイスと泥だらけのテニス・シューズをはいていた」という一節が登場する。まさに「やれやれ」と「スヌーピー」は、セットなのである。ちなみにアルフレッド・バーンバウム訳による英語版『A Wild Sheep Chase（羊をめぐる冒険）』では、「やれやれ」は「Just great」と訳されている。「『やれやれ』と僕は言った。やれやれという言葉はだんだん僕の口ぐせのようになりつつある」という象徴的な文章は、"'Just great,' said I. This 'just great' business was becoming a habit."と翻訳された。以前、村上さんと親しくしている翻訳家のジェイ・ルービンさんに「やれやれ」を英語でどうやって訳すのか聞いたことがある。すると、『Norwegian Wood（ノルウェイの森）』では「やれやれ」は、前後のシチュエーションによってさまざまな言い方に変えて、「Oh, brother」、「Damn」、「Oh, great」、「Oh, no」、「Oh, man」などと訳したそうだ。

では、一体いつから村上作品では「やれやれ」がこんなにもたくさん使われるようになったのだろうか？ 実は「やれやれデビュー」は処女作『風の歌を聴け』ではなく、『1973年のピンボール』である。ジェ

column 09 "Just great"

イズ・バーにやってきたピンボール会社の集金人兼修理人が「やれやれ」といった顔つきをしたのが、村上作品最初の「やれやれ」である。その後、短編「中国行きのスロウ・ボート」で、「僕」が女の子を逆まわりの山手線に乗せてしまい、「やれやれ」と思ったのが、「僕」のセリフとして最初に登場した「やれやれ」だ（と思う）。しかし、「やれやれ」がログセのようにたくさん登場するようになったのは、なんといっても『羊をめぐる冒険』だ。酔っ払ってアパートに戻った時に主人公の「僕」が、「やれやれ。ドアを１／３ばかり開けてそこに体をすべりこませ、ドアを閉める。玄関はしんとしていた。必要以上にしんとしていた」と、つぶやく（あるいは、ため息をつく）。さらに「僕」が『北海道の山』という本を買った後、羊を探すことに苦労しそうだとわかった時もまた「やれやれ」と口に出している。耳のきれいなガールフレンドも僕と一緒に「やれやれ」とため息をつき、羊を探しながら、ずっと「やれやれ」と言い続けているのだ。

『世界の終りとハードボイルド・ワンダーランド』の「私」も、やはり「やれやれ」をよく使う。図書館のレファレンス係の女の子も一緒にやはり「やれやれ」と言っている。世界が終わってしまうと聞かされたときまで、「私」は「やれやれ」と発言しているのである。この辺りから、急に「村上作品＝やれやれ」という印象が強くなったと言える。『ノルウェイの森』では、オープニングの場面で、ボーイング747のシートに座る主人公のワタナベ君が「やれやれ、またドイツか」と発言して、「やれやれ」が村上文学の代名詞であるかのように普及した。その後「やれやれ」は、『ダンス・ダンス・ダンス』、『ねじまき鳥クロニクル』、『1Q84』でもたくさん登場し続けることとなる。ちなみに「やれやれ」が好きな人には、短編「ファミリー・アフェア」をオススメしたい。フリオ・イグレシアスのレコードを聴いて「やれやれ」と言ったり、とにかく「やれやれ尽くし」の作品なのだ。

こうやって「やれやれ」について深く考えてみると、実は、とても重要な意味を持っているような気がする。若い子たちが文末に「やってらんねぇ」「ありえねぇ」と発言することで、文脈がひと区切りするように、この「やれやれ」も、そこに置かれることで、「ちゃんちゃん」という効果音的な作用が生まれているのだ。興味深いことに、エッセイでも「やれやれ」が、いたるところで登場している。『走ることについて語るときに僕の語ること』では、生まれて初めてのフルマラソンを３時間51分で走りきった時に、村上さんは「やれやれ、もうこれ以上走らなくていいんだ」と発言。『辺境・近境』の中でも、食あたりになった時に「やれやれ、こんなろくでもないメキシコのホテルの、ろくでもないベッドの上で、海老のフライだか、マカロニ・サラダだかを食べたせいで死にたくなんかないな」と思ったりしている。

そうか、「やれやれ」とは、実は、村上さん自身のログセであり「こころの叫び」だったのだ。やはり「やれやれ」は「村上春樹のレーゾン・デートゥル（存在証明）」と呼んでもいいかもしれない。

ライ麦畑でつかまえて
The Catcher in the Rye／
ライムギバタケデツカマエテ

J・D・サリンジャー（P.083）の有名な長編小説。後に村上さんが『キャッチャー・イン・ザ・ライ』（P.064）として新訳し、話題になった。高校を退学になった16歳の少年ホールデンが家に帰れずニューヨークの街を3日間さまよう話。『ノルウェイの森』（P.125）の中で、レイコさん（P.177）は「僕」と初めて会ったときこんなことを言った。「あなたって何かこう不思議なしゃべり方するわねえ。あの『ライ麦畑』の男の子の真似してるわけじゃないわよね」。

白水社、1985年

ラオスにいったい何があるというんですか？
What Exactly is It in Laos?／
ラオスニイッタイナニガアルトイウンデスカ？ 紀

タイトルは、本書にあるベトナム人に言われた言葉から。何もないところも実に面白く旅をしている紀行文集。『ノルウェイの森』（P.125）を書いたギリシア（P.065）を再訪し、イタリアのトスカナ地方では、ワイン三昧。フィンランド（P.140）は、シベリウスとカウリスマキ（P.036）を訪ねつつ、『色彩を持たない多崎つくると、彼の巡礼の年』（P.084）のハメーンリンナの街の描写は、まったくの想像で書いたと告白している。

文藝春秋、2015年

ラザール・ベルマン
Lazar Berman 人

サンクト・ペテルブルク生まれのロシア人ピアニスト。4歳で最初のコンサートを開催、7歳で最初のレコード録音を行った天才。『色彩を持たない多崎つくると、彼の巡礼の年』（P.084）にベルマンが弾くリストのピアノ曲「巡礼の年」が登場し、注目された。

ランゲルハンス島の午後
Afternoon in the Inlets of Langerhans／
ランゲルハンストウノゴゴ エ

カラフルな安西水丸（P.042）のイラストレーションがよく似合うエッセイ集。ランゲルハンス島とは、膵臓の内部に島の形状で存在する細胞群のこと。白いTシャツを着る瞬間のちいさな幸せ「小確幸」（P.088）や、学校の教科書を忘れて家に帰る途中、春の匂いに誘われて自分の臓器の一部分であるランゲルハンス島の岸辺に触れた話など、ほっこりと和むエピソードが多い。

光文社、1986年

ランチア・デルタ
Lancia Delta

イタリアの自動車メーカー「ランチア」の車種。デザインは、ジョルジェット・ジウジアーロ。「ランチア・デルタ1600GTie」は、村上さんが、1986年にヨーロッパで免許を取得後、はじめて買った車。『遠い太鼓』（P.114）の中で、旅の途中エンジンが故障したエピソ

ードなどが詳しく描かれている。

リズム
rhythm

「文章を書くのは、音楽を演奏するのに似ています」という村上さん。『村上春樹 雑文集』（P.162）に「音楽にせよ小説にせよ、いちばん基礎にあるものはリズムだ。自然で心地よい、そして確実なリズムがそこになければ、人は文章を読み進んではくれないだろう。僕はリズムというものの大切さを音楽から（主にジャズから）学んだ」と語っている。

リチャード・ブローティガン
Richard Brautigan 人

『アメリカの鱒釣り』によって一躍ビート・ジェネレーション作家の代表格として人気者になったアメリカの作家。初期の村上作品の文体は、ブローティガンとカート・ヴォネガット（P.059）に強い影響を受けている。村上さんは、『アメリカの鱒釣り』に登場する「二〇八」という名前の猫と「二〇八号室」へのオマージュとして、『1973年のピンボール』（P.097）の双子の女の子（208、209）（P.142）と、『ねじまき鳥クロニクル』（P.124）で主人公が

入っていく異界であるホテルの「208号室」を書いているのかもしれない。

リトル・シスター
The Little Sister 翻

1949年に刊行されたアメリカの作家レイモンド・チャンドラー（P.177）のハードボイルド小説。私立探偵フィリップ・マーロウを主人公とする長編シリーズの5作目。1959年に翻訳されたときのタイトルは『かわいい女』だったが、2010年に村上春樹の新訳『リトル・シスター』として生まれ変わった。

早川書房、2010年

リトル・ピープル
Little People 登

『1Q84』（P.043）に登場する謎の存在。集合的無意識の象徴のようなもので、〈声を聴くもの〉を通して世界へ働きかける。善悪というものが存在しない太古の時代から、人間とともにあった。作中の小説「空気さなぎ」（P.065）では山羊の口からあらわれた60センチくらいの小人たちの姿で書かれていて、「ほうほう」というはやし言葉を使う。

料理
cuisine ／リョウリ

村上作品には、料理のシーンが多く、主人公たちは丁寧で手の込んだものを作る。村上さん自身も料理好きで、ジャズ喫茶「ピーターキャット」（P.133）時代にはサンドウィッチをはじめロールキャベツや、ポテトサラダなどを得意としていた。『羊をめぐる冒険』（P.134）で鼠（P.124）の父親の別荘で作る「たらことバターのスパゲティー」や、『世界の終りとハードボイルド・ワンダーランド』（P.097）の図書館の女の子の台所でつくる「ストラスブルグ・ソーセージのトマト煮込み」など、真似をしたくなる名物料理も多い。

ルイス・キャロル
Lewis Carroll 人

『不思議の国のアリス』（P.141）で知られる、イギリスの数学者で作家。『1973年のピンボール』（P.097）には、「まるで『不思議の国のアリス』に出てくるチェシャ猫のように、彼女が消えた後もその笑いだけが残っていた」という台詞があり、『ダンス・ダンス・ダンス』（P.109）では、アメにユキ（P.169）と3人で食事をしていかないかと誘われた「僕」が『『不思議の国のアリス』に出てくる気違い帽子屋のお茶会の方がずっとましだ」と思う一節がある。

ルノー
Renault S.A.

フランスの自動車メーカー。短編「トニー滝谷」（P.116）の主人公トニー滝谷の妻が乗っているのはブルーの「ルノー・サンク」。青山で行きつけの

ブティックから、246号線を通って家に帰るシーンで登場。映画化された「トニー滝谷」の中でも妻の役を演じた宮沢りえが、ルノー・サンクを洗っているシーンがある。

ル・マル・デュ・ペイ
Le Mal du pays

『色彩を持たない多崎つくると、彼の巡礼の年』（P.084）のBGMとも言えるフランツ・リスト（P.143）の曲。「巡礼の年」の第1年「スイス」の中に含まれる第8曲でシロ（P.090）がよく弾いていた。郷愁、ホームシックを指すフランス語で、作中では「田園風景が人の心に呼び起こす、理由のない哀しみ」という訳で表現されている。

レイコさん
Ms.Reiko／レイコサン 登

『ノルウェイの森』（P.125）に登場する38歳の女性で、本名は石田玲子。療養施設、阿美寮（P.039）で直子（P.120）と同室。患者たちにピアノを教えている。彼女がギターでビートルズ（P.135）の「ノルウェイの森」を弾き語りするシーンが有名。

レイモンド・カーヴァー
Raymond Clevie Carver Jr. 人

短編小説、ミニマリズムの作家として知られ、「アメリカのチェーホフ」と呼ばれることもある。家は裕福ではなく、夜間働きながら大学で小説家のジョン・ガードナーに文章の書き方を学んだ。1976年、短編小説集『頼むから静かにしてくれ』（P.107）でデビュー。1988年に50歳で亡くなった。村上さんは、『ぼくが電話をかけている場所』（P.146）をはじめ、ほとんどのカーヴァー作品の翻訳を手がけている。

レイモンド・カーヴァー傑作選
Carver's Dozen／
レイモンド・カーヴァーケッサクセン 翻

「できることなら『これ一冊あればレイモンド・カーヴァーの世界が一通り見渡せる』といったようなものにしたかった（中略）『入門者用』と言っても差しつかえないかもしれない」とあとがきで村上さんが書いているように、カーヴァーの代表的な短編が収められた一冊。わかりやすい「レイモンド・カーヴァー年譜」も付いていて勉強になる。

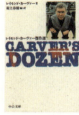

中央公論新社、1997年

レイモンド・チャンドラー
Raymond Chandler 人

『大いなる眠り』（P.051）、『さよなら、愛しい人』（P.079）、『ロング・グッドバイ』（P.180）などで知られるアメリカの小説家、脚本家。44歳の

時、大恐慌で失業して推理小説を書きはじめた。『村上朝日堂はいほー!』(P.161)で村上さんは、チャンドラーの小説を書くコツ、「とにかく毎日机の前に座る。書けても書けなくても、その前で二時間ぼおっとしている」を実践していると語り、この執筆法を「チャンドラー方式」と名付けている。

レオシュ・ヤナーチェク
Leos Janacek 人

チェコスロヴァキアの作曲家。『1Q84』(P.043)冒頭で、青豆(P.035)が乗るタクシーのラジオから流れる最晩年の管弦楽作品「シンフォニエッタ」は、同書を象徴するテーマソング。長くオーストリア帝国の支配下にあった祖国がチェコスロヴァキアとして独立した後、愛国心から作曲された作品で、軍隊に捧げられた。自分と天吾(P.113)の新たな王国のために戦う青豆の姿とどこか重なってくる。

レキシントンの幽霊
Ghoast of Lexington／レキシントンノユウレイ 集

「さめない夢なのか さめてからが夢なのか」という帯のキャッチコピーが印象的な、楽しくも怖い短編小説集。収録作品は、「レキシントンの幽霊」(P.178)、「緑色の獣」(P.158)、「沈黙」(P.111)、「氷男」(P.071)、「トニー滝谷」(P.116)、「七番目の男」

(P.121)、「めくらやなぎと、眠る女」(P.163)など名作が多い。

文藝春秋、1996年

レキシントンの幽霊
Ghoast of Lexington／レキシントンノユウレイ 短

冒頭に「これは実話です」と書いてあり、あたかも実話風に語られる奇妙な短編。小説家の「僕」は、ボストン郊外にあるレキシントンの古い屋敷の留守番を頼まれる。深夜に目が覚めると、誰かが下にいる。なんと幽霊がパーティーを開いていた。実話なのか、つくり話なのか。不思議な後味が残る作品。

レクサス
Lexus

トヨタの高級ブランド。『色彩を持たない多崎つくると、彼の巡礼の年』(P.084)の登場人物、アオ(P.035)がセールスマンとして名古屋のディーラーに勤めている。「レクサスって、いったいどういう意味なんだ?」と、主人公の多崎つくる(P.107)に聞かれると「意味はまったくない。ただの造語だよ。ニュー

record

ヨークの広告代理店がトヨタの依頼を受けてこしらえたんだ。いかにも高級そうで、意味ありげで、響きの良い言葉をということで」とアオは返答している。

レコード
record

村上さん自身がジャズ喫茶を経営していたこともあり、膨大な数のレコードを収集している。いまだに国内外でアナログレコードを買い続けており、2015年の紀行文集『ラオスにいったい何があるというんですか？』(P.174)には、ポートランドのレコードショップで中古レコードを買った様子が書かれている。『風の歌を聴け』(P.058)で、左手の指が4本しかない女の子が勤めるのはレコード店、『ノルウェイの森』(P.125)のワタナベくんは、新宿のレコード屋でアルバイトしているなど、作中にはレコードを聴く場面はもちろん、レコード店も多く登場する。

レーダーホーゼン
Lederhosen 短

ドイツに行った女性が、夫のお土産に「レーダーホーゼン」を買うという話。苦労して手に入れたものの、それをきっかけに離婚を決意することになる。「レーダーホーゼン」とは、ドイツやオーストリアなどチロル地方に伝わる民族衣装。男性用の肩紐付きの皮製半ズボンのこと。『回転木馬のデッド・ヒート』(P.056)所収。

ロッシーニ
Gioachino Antonio Rossini 人

「ウィリアム・テル」、「セビリアの理髪師」などが有名なイタリアの作曲家。美食家とし

ても知られる。『ねじまき鳥クロニクル』(P.124)の、主人公がFMから流れてくるロッシーニの「泥棒かささぎ」を聴きながらスパゲティーをゆでるシーンが有名。

ロビンズ・ネスト
The Robin's Nest

『国境の南、太陽の西』(P.072)の中で「僕」が経営する港区青山にあるジャズクラブの名前。古いヒット曲の名前から取られた。フレッド・ロビンズというDJのラジオ番組のために作られた曲だという。作品とは関係ないが、実際に広尾に「ロビンズ・ネスト」というバーがあり、村上ファンの間では人気がある。

ローマ帝国の崩壊・一八八一年のインディアン蜂起・ヒットラーのポーランド侵入・そして強風世界
The Fall of the Roman Empire, The 1881 Indian Uprising, Hitler's Invasion of Poland, and The Realm of Raging Winds／ローマテイコクノホウカイ・センハッピャクハチジュウイチネンノインディアンホウキ・ヒットラーノポーランドシンニュウ・ソシテキョウフウセカイ〈短〉

日曜日の午後、強風が吹きはじめた。彼女からの電話のベルが鳴った時、時計は2時36分を指していて、「やれやれ、と僕はまた溜め息をついた。そして日記のつづきにとりかかった」。何気ない一日をまわりくどい文体で仕上げた初期短編作品。『パン屋再襲撃』(P.131)所収。

ロールキャベツ
rolled cabbage

村上さんが経営していたジャズ喫茶「ピーターキャット」(P.133)の名物料理が「ロールキャベツ」。『やがて哀しき外国語』(P.168)の「ロールキャベツを遠く離れて」の章で、当時のエピソードが詳しく書かれており、「僕の店はロールキャベツを出していたので、朝から袋いっぱいの玉葱をみじん切りにしなくてはならなかった。だから僕は今でも、大量の玉葱を短時間に、涙も流さずにさっさっさと切ることができる」と語っている。

ロング・グッドバイ
The Long Goodbye 〈翻〉

1953年に刊行された、レイモンド・チャンドラー (P.177) のハードボイルド小説。私立探偵フィリップ・マーロウを主人公とする長編シリーズで『長いお別れ』という訳でも知られている。「さよならをいうのはわずかのあいだ死ぬことだ」というセリフが有名。1973年、ロバート・アルトマン監督により映画化。日本でも、2015年にNHK土曜ドラマ「ロング・グッドバイ」が浅野忠信の主演で放送された。2007年、村上新訳が出て話題に。

早川書房、2007年

ワイン
wine

村上さんは、ヨーロッパに3年ほど住んでいたこともあり、作品にはワインがよく登場する。『スプートニクの恋人』(P.096)のミュウ(P.160)は、ワイン輸入の仕事をしていて、すみれ(P.096)と一緒にイタリアに買い付けに行く。ミュウの台詞に「ワインというのはね、たくさん残せば残すほど、多くのお店の人たちが味見できるの……そうやってみんなでワインの味を覚えていくわけ。だから上等なワインを注文して残していくのは、むだじゃないのよ」というものがある。

若い読者のための短編小説案内
Guidance of Short Stories for Young Readers／ワカイドクシャノタメノタンペンショウセツアンナイ㊧

40歳を過ぎてから日本の小説を系統的に読みはじめた村上さんは、戦後に文壇に登場した「第三の新人」と呼ばれる世代に一番興味を惹かれたという。その中の吉行淳之介、小島信夫、安岡章太郎、庄野潤三、丸谷才一、長谷川四郎という作家6人の短編小説を新しい視点から読み解く読書案内書。村上さんが彼らについて文学講義をおこなったというプリンストン大学(P.143)とタフツ大学の授業を追体験できるようで興味深い。

文藝春秋、1997年

和敬塾
Wakei-Juku／ワケイジュク

東京都文京区目白台にある男子大学生の寮。村上さんは、1968年に西寮に住んでいた。『ノルウェイの森』(P.125)で、ワタナベくんが住んでいたのは東寮だが、こちらは実在しない架空の寮。カズオ・イシグロ(P.057)原作のTBSのドラマ「わたしを離さないで」の撮影でも使われた。

忘れる
forget／ワスレル

『ノルウェイの森』(P.125)の「いつまでも私のことを忘れないでいてくれる?」という直子(P.120)の台詞のように、村上作品にはしばしば「忘れる」というキーワードが登場する。『海辺のカフカ』(P.048)には「私のことを覚えていてほしいの。あなたさえ私のことを覚えていてくれれば、ほかのすべての人に忘れられたってかまわない」という佐伯さん(P.078)の台詞がある。

早稲田大学
Waseda University／ワセダダイガク

村上さんは、1968年に早稲田大学第一文学部に入学。当時は学園紛争の真っ最中で大学は長期にわたって封鎖されていた。学生結婚をして、アルバイトをしながら7年かかって卒業した。卒論のテーマは「アメリカ映画における旅の思想」。2010年に公開された映画「ノルウェイの森」の撮影も早稲田大学で行われた。

私
Watashi／ワタシ 登

『世界の終りとハードボイルド・ワンダーランド』(P.097)、の「ハードボイルド・ワンダーランド」の章の「私」は、暗号技術を操る35歳の計算士。離婚歴がある。『騎士団長殺し』(P.063)の「私」は、36歳の肖像画家。離婚後、東北や北海道を車で1カ月ほど放浪した後、小田原郊外にある友人の父親のアトリエに住んでいる。長編ではこの2作品のみ、主人公の一人称が「僕」ではなく「私」。

私たちがレイモンド・カーヴァーについて語ること
Raymond Carver an Oral Biography／ワタシタチガレイモンド・カーヴァーニツイテカタルコト 翻

作家仲間や元妻など、関係者16人に対して行われた直撃インタビュー集。貧困、飲酒、仕事もない

サム・ハルバート／編
中央公論新社、2011年

日々を、どう過ごして、何を考えていたのか？身近にいた人々がレイモンド・カーヴァー(P.177)について語ったことを村上さんが訳しおろした。

私たちの隣人、レイモンド・カーヴァー
ワタシタチノリンジン、レイモンド・カーヴァー 翻

レイモンド・カーヴァー(P.177)の作品と人間を愛してやまない9人が、思い出を綴ったエッセイ集。J・マキナニー、T・ウルフ、G・フィスケットジョンほか。カーヴァーに関する証言を村上さん自身が集めてまとめた一冊。

中央公論新社、2009年

ワタナベトオル
Toru Watanabe 登

『ノルウェイの森』(P.125)の主人公である「僕」。長編ではじめて主人公に名前が与えられた。直子(P.120)と緑(P.158)という2人の女の子の間で心が揺れる。神戸の高校を卒業後、東京の私立大学文学部に進学、卒業後は著述家になるという設定は村上さんそのもので、半自伝的な存在。映画版では、松山ケンイチが熱演。

ワタヤノボル
Noboru Wataya 登

綿谷ノボルは、『ねじまき鳥クロニクル』(P.124)に登場する「僕」の妻、クミコ(P.066)の兄。東京大学とイェール大学大学院を卒業後、著名な経済学者となり、後に政界に進出する。「ワタヤ・ノボル」は、僕とクミコが飼っていて行方不明になった猫の名前で、後に「サワラ」と改名される。村上作品にはたびたびイラストレーター安西水丸(P.042)の本名ワタナベノボル(渡辺昇)が登場するが、

本作のワタヤノボルは相当な悪人なので、村上さんが気を遣って改名したそう。

和田誠
Makoto Wada ／ワダマコト 人

イラストレーターでエッセイスト。村上さんとは、ジャズ喫茶「ピーターキャット」(P.133)時代からの友人。最初の出会いは、店でマルクス兄弟(P.157)の映画の上映会がおこなわれた日だった。『ポートレイト・イン・ジャズ』(P.147)は、同じくジャズ愛好家である和田さんが描いたジャズミュージシャンの肖像画に、村上さんが文章を添えたシリーズ。『アフターダーク』(P.038)や全集「村上春樹全作品」の装丁も手がけている。

悪くない
not bad ／ワルクナイ

「やれやれ」(P.169)と同じくらい村上春樹的言い回しとして有名なのが「悪くない」。そんなに多くもないが、なぜか印象に残るのが不思議である。『羊をめぐる冒険』(P.134)で「僕」が飼っている名前のない猫を見た運転手が「どうでしょう、私が勝手に名前をつけちゃっていいでしょうか?」と言うシーンで、「いわしなんてどうでしょう?」と聞かれ、「悪くないな」と「僕」が答えている。『アフターダーク』(P.038)では、「悪くないよ。チキンサラダと、かりかりに焼いたトースト。デニーズではそれしか食べない」というセリフがある。

ワールズ・エンド(世界の果て)
World's End and Other Stories ／ワールズ・エンド(セカイノハテ) 翻

旅行作家として知られるポール・セロー(P.148)による9つの短編。母国アメリカを離れ、ロンドン、コルシカ島、アフリカ、パリ、プエルト・リコなどの異国に移り住んだ人々の体験を描く。セローの実体験を元に書かれた物語。

文藝春秋、1987年

我らの時代のフォークロア 高度資本主義前史
The Folklore of Our Times ／ワレラノジダイノフォークロア コウドシホンシュギゼンシ 短

「僕」がイタリアのローマに住んでいた頃、ルッカという町で高校の同級生に偶然出会う。そして、昔のガールフレンドについてワインを飲みながら語りあう。紀行文集『ラオスにいったい何があるというんですか?』(P.174)の中でルッカを訪ね、思い出を語っている。『TVピープル』(P.113)所収。

卒業文集「ひこばえ」西宮市立香櫨園小学校、1961年。12歳の村上さんによる序文「青いぶどう」を収録。

ガリ版刷りの「早稲田大学 連絡帳」1968年。村上さんが表紙イラストや編集を担当。

『ジャズランド』1975年8月創刊記念特大号、海潮社。ピーターキャット時代のインタビュー「ジャズ喫茶のマスターになるための18のQ&A」。

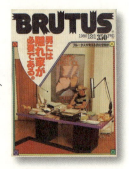

『BRUTUS』1980年12月1日号「ブルータスが考える男の空間学」、平凡出版。ジャズ喫茶「ピーターキャット」店内を写真で紹介。

「幻の村上作品」を探して

(本屋さんにも図書館にもない村上春樹)

　村上ファンを公言していると、いろいろな情報が集まってくる。例えば、1961年に兵庫県の西宮市立香櫨園小学校でつくられた「ひこばえ」という卒業文集。ここに当時12歳だった村上さんが、編集委員として扉に「青いぶどう」という文章を書いているのである。さらに文集には修学旅行の思い出にまつわる文章も掲載されていて、すでに非凡な文才を持っていたことが伺える。また、早稲田大学のガリ版刷りの名簿は、荻窪に住む村上さんの元同級生という方が貸してくれた。1975年の雑誌『ジャズランド』には、村上さんによる「ジャズ喫茶のマスターになるための18のQ&A」が掲載されているし、村上さんが『ダンス・ダンス・ダンス』の登場人物「牧村拓(まきむらひらく)」名義で書いた文章も、『海』1982年10月号に存在する。日本のみで発売され、絶版になっているアルフレッド・バーンバウム訳による英語版『風の歌を聴け』、『1973年のピンボール』も、現在、出版されているテッド・グーセン訳の新版『Wind/Pinball (風/ピンボール)』と比較して読むとおもしろい。

column 10 rare books

『太陽』1982年5月号特集「地図であそぶ」、平凡出版。村上さんが新宿の街を3時間歩いてレポート。

『海』1982年10月号、中央公論社。「ヴィデオの登場は8ミリ・フィルムを追い払った。テープ・デッキの技術革新と貸しレコード店がレコード産業をゆるがしている」※牧村拓名義

『IN★POCKET』1985年10月号、講談社。「村上春樹VS村上龍対談 作家ほど素敵な商売はない」。

『POST CARD』安西水丸/著、学生援護会、1986年。全集に未収録の短編「中断されたスチーム・アイロンの把手」掲載。

『風のなりゆき』村上陽子/著、a-tempo平野甲賀+土井章史/企画、リブロポート、1991年。陽子夫人が写真と文章を手がけたギリシア紀行。

『夏ものがたり――ものがたり12か月』野上暁/編、偕成社、2008年。全集に未収録の短編「蚊取線香」掲載。

『風の歌を聴け Hear the Wind Sing』、『1973年のピンボール Pinball,1973』ともに講談社英語文庫、1987年。日本のみで発売されたアルフレッド・バーンバウムによる英訳版。

村上春樹全作品リスト　ジャンル別索引

【長編小説】

風の歌を聴け (1979) ……………………………… 058
1973年のピンボール (1980) …………………… 097
羊をめぐる冒険 (1982) …………………………… 134
世界の終りと
　ハードボイルド・ワンダーランド (1985) … 097
ノルウェイの森 (1987) …………………………… 125
ダンス・ダンス・ダンス (1988) ………………… 109
国境の南、太陽の西 (1992) ……………………… 072
ねじまき鳥クロニクル　　　　　　　　　　　124
　第1部 泥棒かささぎ編 (1994)
　第2部 予言する鳥編 (1994)
　第3部 鳥刺し男編 (1995)
スプートニクの恋人 (1999) ……………………… 096
海辺のカフカ (2002) ……………………………… 048
アフターダーク (2004) …………………………… 038
1Q84　　　　　　　　　　　　　　　　　　　043
　book 1 (2009)
　book 2 (2009)
　book 3 (2010)
色彩を持たない多崎つくると、
　彼の巡礼の年 (2013) …………………………… 084
騎士団長殺し　　　　　　　　　　　　　　　063
　第1部 顕れるイデア編 (2017)
　第2部 遷ろうメタファー編 (2017)

【短編小説】

中国行きのスロウ・ボート (1980) ……………… 110
街と、その不確かな壁 (1980) …………………… 157
貧乏な叔母さんの話 (1980) ……………………… 137
ニューヨーク炭鉱の悲劇 (1981) ………………… 122
5月の海岸線 (1981) ……………………………… 071
スパゲティーの年に (1981) ……………………… 096
鹿と神様と聖セシリア (1981) …………………… 084
4月のある晴れた朝に100パーセントの
　女の子に出会うことについて (1981) ………… 083
眠い (1981) ………………………………………… 124
かいつぶり (1981) ………………………………… 056
パン屋襲撃 (1981) ………………………………… 131
カンガルー通信 (1981) …………………………… 062
あしか (1981) ……………………………………… 037
カンガルー日和 (1981) …………………………… 062
32歳のデイトリッパー (1981) …………………… 080
タクシーに乗った吸血鬼 (1981) ………………… 107
彼女の町と、彼女の緬羊 (1982) ………………… 060
サウスベイ・ストラット──ドゥービー・
　ブラザーズ「サウスベイ・ストラット」
　のためのBGM (1982) ………………………… 078
あしか祭り (1982) ………………………………… 037
1963／1982年のイパネマ娘 (1982) …………… 098
バート・バカラックはお好き？（窓）(1982) … 128
図書館奇譚 (1982) ………………………………… 115
書斎奇譚 (1982) …………………………………… 088
月刊「あしか文芸」(1982) ……………………… 068
おだまき酒の夜 (1982) …………………………… 052
午後の最後の芝生 (1982) ………………………… 072
土の中の彼女の小さな犬 (1982) ………………… 111
シドニーのグリーン・ストリート (1982) ……… 085
駄目になった王国 (1982) ………………………… 108
チーズ・ケーキのような形をした僕の貧乏 (1983) … 109
螢 (1983) …………………………………………… 146
納屋を焼く (1983) ………………………………… 121
鏡 (1983) …………………………………………… 056
とんがり焼の盛衰 (1983) ………………………… 117
プールサイド (1983) ……………………………… 143
雨やどり (1983) …………………………………… 039
めくらやなぎと眠る女 (1983→1995) …………… 163
踊る小人 (1984) …………………………………… 052
タクシーに乗った男 (1984) ……………………… 106
今は亡き王女のための (1984) …………………… 045
三つのドイツ幻想 (1984) ………………………… 158
野球場 (1984) ……………………………………… 168
BMWの窓ガラスの形をした
　純粋な意味での消耗についての考察 (1984) … 132
嘔吐1979 (1984) ………………………………… 050
ハンティング・ナイフ (1984) …………………… 131
ハイネケン・ビールの空き缶を踏む
　象についての短文 (1985) ……………………… 126
パン屋再襲撃 (1985) ……………………………… 131
象の消滅 (1985) …………………………………… 100
はじめに・回転木馬のデッド・ヒート (1985) … 056
レーダーホーゼン (1985) ………………………… 179
ファミリー・アフェア (1985) …………………… 137
双子と沈んだ大陸 (1985) ………………………… 141
ローマ帝国の崩壊・一八八一年の
　インディアン蜂起・ヒットラーのポーランド侵入・
　そして強風世界 (1986) ………………………… 180
ねじまき鳥と火曜日の女たち (1986) …………… 124
中断されたスチーム・アイロンの把手 (1986) … 110
雨の日の女 #241・#242 (1987) ……………… 039

INDEX

TVピープル (1989) ……………………… 113
飛行機――あるいは彼はいかにして
　詩を読むようにひとりごとを言ったか (1989) …… 132
我らの時代のフォークロア
　高度資本主義前史 (1989) ……………… 183
眠り (1989) ……………………………… 124
加納クレタ (1989) ……………………… 059
ゾンビ (1989) …………………………… 101
トニー滝谷 (1990) ……………………… 116
沈黙 (1991) ……………………………… 111
緑色の獣 (1991) ………………………… 158
氷男 (1991) ……………………………… 071
人喰い猫 (1991) ………………………… 135
青が消える (1992) ……………………… 035
七番目の男 (1996) ……………………… 121
レキシントンの幽霊 (1996) …………… 178
UFOが釧路に降りる (1999) …………… 169
アイロンのある風景 (1999) …………… 035
神の子どもたちはみな踊る (1999) …… 060
タイランド (1999) ……………………… 106
かえるくん、東京を救う (1999) ……… 056
蜂蜜パイ (2000) ………………………… 127
バースデイ・ガール (2002) …………… 127
蟹 (2003) ………………………………… 059
偶然の旅人 (2005) ……………………… 065
ハナレイ・ベイ (2005) ………………… 128
どこであれそれが見つかりそうな場所で (2005) … 115
日々移動する腎臓のかたちをした石 (2005) … 135
品川猿 (2005) …………………………… 085
恋するザムザ (2013) …………………… 069
ドライブ・マイ・カー (2013) ………… 117
イエスタデイ (2014) …………………… 043
木野 (2014) ……………………………… 064
独立器官 (2014) ………………………… 114
シェエラザード (2014) ………………… 082
女のいない男たち (2014) ……………… 053
石のまくらに (2018)
クリーム (2018)
チャーリー・パーカー・プレイズ・ボサノヴァ (2018)

【短編集】

中国行きのスロウ・ボート (1983) …… 110
カンガルー日和 (1983) ………………… 062
螢・納屋を焼く・その他の短編 (1984) … 147
回転木馬のデッド・ヒート (1985) …… 056
パン屋再襲撃 (1986) …………………… 131
TV ピープル (1990) ……………………… 113
レキシントンの幽霊 (1996) …………… 178
神の子どもたちはみな踊る (2000) …… 060
象の消滅 (2005) ………………………… 100
東京奇譚集 (2005) ……………………… 113

はじめての文学 村上春樹 (2006) ……… 126
めくらやなぎと眠る女 (2009) ………… 163
女のいない男たち (2014) ……………… 053

● 超短編集
　夢で会いましょう (1981)　糸井重里／共著 … 170
　象工場のハッピーエンド (1983) …… 099
　村上朝日堂超短篇小説 夜のくもざる (1995) … 160
　またたび浴びたタマ (2000)　友沢ミミヨ／画 … 156
　村上かるた うさぎおいしーフランス人 (2007)
　　安西水丸／絵 ……………………… 161

【ノンフィクション】

アンダーグラウンド (1997) …………… 042
約束された場所で underground 2 (1998) … 168

【エッセイ集】

波の絵、波の話 (1984)　稲越功一／写真 … 121
村上朝日堂 (1984) ……………………… 160
映画をめぐる冒険 (1985)　川本三郎／共著 … 049
村上朝日堂の逆襲 (1986) ……………… 160
ランゲルハンス島の午後 (1986) ……… 174
'THE SCRAP' 懐かしの一九八〇年代 (1987) … 079
日出る国の工場 (1987)　安西水丸／共著 … 132
村上朝日堂はいほー！ (1989) ………… 161
やがて哀しき外国語 (1994) …………… 168
使いみちのない風景 (1994)　稲越功一／写真 … 111
うずまき猫のみつけかた (1996) ……… 047
村上朝日堂はいかにして鍛えられたか (1997) … 160
若い読者のための短編小説案内 (1997) … 181
ポートレイト・イン・ジャズ (1997)
　和田誠／共著 ………………………… 147
ポートレイト・イン・ジャズ2 (2001)
　和田誠／共著 ………………………… 147
村上ラヂオ (2001) ……………………… 163
意味がなければスイングはない (2005) … 045
走ることについて語るときに
　僕の語ること (2007) ………………… 127
村上ソングズ (2007)　和田誠／共著 … 161
夢を見るために毎朝僕は目覚めるのです
　村上春樹インタビュー集 1997-2009 (2010) … 170
村上春樹 雑文集 (2011) ………………… 162
おおきなかぶ、むずかしいアボカド
　村上ラヂオ2 (2011) ………………… 051
職業としての小説家 (2015) …………… 088
村上春樹 翻訳（ほとんど）全仕事 (2017) … 162

【紀行文集】

遠い太鼓 (1990) ………………………… 114

雨天炎天 (1990) 松村映三／写真 ……… 048
辺境・近境 (1998) 松村映三／写真 ……… 145
辺境・近境 写真篇 (1998) 松村映三／共著 ……… 146
もし僕らのことばがウィスキーであったなら (1999)
　　村上陽子／写真 ……… 164
シドニー！ (2001) ……… 084
東京するめクラブ 地球のはぐれ方 (2004)
　　吉本由美、都築響一／共著 ……… 114
ラオスにいったい何があると
　　いうんですか？ (2015) ……… 174

【絵本】

羊男のクリスマス (1985)　佐々木マキ／絵 ……… 134
ふわふわ (1998)　安西水丸／絵 ……… 144
ふしぎな図書館 (2005)　佐々木マキ／絵 ……… 141
ねむり (2010)　カット・メンシック／イラスト ……… 125
パン屋を襲う (2013)
　　カット・メンシック／イラスト ……… 132
図書館奇譚 (2014)
　　カット・メンシック／イラスト ……… 115
バースデイ・ガール (2017)
　　カット・メンシック／イラスト ……… 127

【読者とのQ&A集】

CD-ROM版村上朝日堂
　夢のサーフシティー (1998) ……… 082
「そうだ、村上さんに聞いてみよう」と
　世間の人々が村上春樹にとりあえずぶっつける
　282の大疑問に果たして村上さんはちゃんと
　答えられるのか？ (2000) ……… 100
CD-ROM版村上朝日堂
　スメルジャコフ対織田信長家臣団 (2001) ……… 081
少年カフカ (2003) ……… 088
「これだけは、村上さんに言っておこう」と
　世間の人々が村上春樹にとりあえずぶっつける
　330の質問に果たして村上さんはちゃんと
　答えられるのか？ (2006) ……… 073
「ひとつ、村上さんでやってみるか」と
　世間の人々が村上春樹にとりあえずぶっつける
　490の質問に果たして村上さんはちゃんと
　答えられるのか？ (2006) ……… 135
村上さんのところ (2015) ……… 161

【対談集】

ウォーク・ドント・ラン　村上龍VS村上春樹 (1981)
　　村上龍／共著 ……… 046
村上春樹、河合隼雄に会いにいく (1996)
　　河合隼雄／共著 ……… 162
翻訳夜話 (2000)　柴田元幸／共著 ……… 149
翻訳夜話2 サリンジャー戦記 (2003)
　　柴田元幸／共著 ……… 149
小澤征爾さんと、音楽について話をする (2011)
　　小澤征爾／共著 ……… 052
みみずくは黄昏に飛びたつ (2017)
　　川上未映子／共著 ……… 159

【翻訳作品】

●スコット・フィッツジェラルド ……… 091
　マイ・ロスト・シティー (1981) ……… 154
　ザ・スコット・フィッツジェラルド・
　　ブック (1988) ……… 079
　バビロンに帰る
　　ザ・スコット・フィッツジェラルド・
　　ブック2 (1996) ……… 128
　グレート・ギャツビー (2006) ……… 068
　冬の夢 (2009) ……… 142

●レイモンド・カーヴァー ……… 177
　ぼくが電話をかけている場所 (1983) ……… 146
　夜になると鮭は… (1985) ……… 171
　ささやかだけれど、役にたつこと (1989) ……… 079
　大聖堂 (1990) ……… 106
　愛について語るときに我々の語ること (1990) ……… 034
　頼むから静かにしてくれ (1991) ……… 107
　ファイアズ（炎）(1992) ……… 137
　象／滝への新しい小径 (1994) ……… 099
　カーヴァー・カントリー (1994) ……… 056
　レイモンド・カーヴァー傑作選 (1994) ……… 177
　水と水とが出会うところ／
　　ウルトラマリン (1997) ……… 158
　必要になったら電話をかけて (2000) ……… 134
　英雄を謳うまい (2002) ……… 049
　ビギナーズ (2010) ……… 132

●トルーマン・カポーティ ……… 117
　おじいさんの思い出 (1988) ……… 052
　あるクリスマス (1989) ……… 040
　クリスマスの思い出 (1990) ……… 067
　誕生日の子どもたち (2002) ……… 109
　ティファニーで朝食を (2008) ……… 112

●レイモンド・チャンドラー ……… 177
　ロング・グッドバイ (2007) ……… 180
　さよなら、愛しい人 (2009) ……… 079
　リトル・シスター (2010) ……… 176
　大いなる眠り (2012) ……… 051
　高い窓 (2014) ……… 106
　プレイバック (2016) ……… 144
　水底の女 (2017)

INDEX

●J・D・サリンジャー ……………………… 083
　キャッチャー・イン・ザ・ライ (2003) ……… 064
　フラニーとズーイ (2014) ………………… 142

●ジョン・アーヴィング ……………………… 089
　熊を放つ (1986) …………………………… 066

●クリス・ヴァン・オールズバーグ ………… 066
　西風号の遭難 (1985) ……………………… 074
　急行「北極号」(1987) …………………… 074
　名前のない人 (1989) ……………………… 074
　ハリス・バーディックの謎 (1990) ……… 074
　魔法のホウキ (1993) ……………………… 074
　まさ夢いちじく (1994) …………………… 075
　ベンの見た夢 (1996) ……………………… 075
　いまいましい石 (2003) …………………… 075
　2ひきのいけないアリ (2004) …………… 075
　魔術師アブドゥル・ガサツィの庭園 (2005) … 075
　さあ、犬になるんだ！(2006) …………… 075

●マーク・ヘルプリン／文、
　クリス・ヴァン・オールズバーグ／画
　白鳥湖 (1991) ……………………………… 075

●ティム・オブライエン ……………………… 112
　ニュークリア・エイジ (1989) …………… 122
　本当の戦争の話をしよう (1990) ………… 149
　世界のすべての七月 (2004) ……………… 097

●マイケル・ギルモア ………………………… 154
　心臓を貫かれて (1996) …………………… 091

●ビル・クロウ
　さよならバードランド
　　あるジャズ・ミュージシャンの回想 (1996) …… 080
　ジャズ・アネクドーツ (2000) …………… 087

●シェル・シルヴァスタイン ………………… 083
　おおきな木 (2010) ………………………… 051

●マーク・ストランド ………………………… 154
　犬の人生 (1998) …………………………… 045

●ポール・セロー ……………………………… 148
　ワールズ・エンド（世界の果て）(1987) … 183

●C.D.B.ブライアン
　偉大なるデスリフ (1987) ………………… 043

●グレイス・ペイリー ………………………… 067
　最後の瞬間のすごく大きな変化 (1999) … 078
　人生のちょっとした煩い (2005) ………… 090

　その日の後刻に (2017) …………………… 100

●アーシュラ・K・ル＝グウィン ……………… 034
　空飛び猫 (1993) …………………………… 101
　帰ってきた空飛び猫 (1993) ……………… 101
　素晴らしいアレキサンダーと、
　　空飛び猫たち (1997) …………………… 101
　空を駆けるジェーン (2001) ……………… 101

●ジム・フジーリ
　ペット・サウンズ (2008) ………………… 145

●マーセル・セロー …………………………… 156
　極北 (2012) ………………………………… 065

●ジェフ・ダイヤー
　バット・ビューティフル (2011) ………… 128

●ダーグ・ソールスター ……………………… 107
　Novel 11, Book 18 (2015) ……………… 125

●カーソン・マッカラーズ
　結婚式のメンバー (2016)
　　※村上柴田翻訳堂 ……………………… 068

●ジョン・ニコルズ
　卵を産めない郭公 (2017)
　　※村上柴田翻訳堂 ……………………… 108

●エルモア・レナード
　オンブレ (2018) …………………………… 053

●セレクション：小説
　and Other Stories
　　とっておきのアメリカ小説12篇 (1988)
　　　柴田元幸、畑中佳樹、
　　　斎藤英治、川本三郎／共訳 ………… 042
　Sudden Fiction 超短編小説70 (1994)
　　　小川高義／共訳 ……………………… 079
　月曜日は最悪だと
　　みんなは言うけれど (2000) …………… 069
　バースデイ・ストーリーズ (2002) ……… 127
　村上春樹ハイブ・リット (2008)
　　柴田元幸／総合監修　※英日対訳、CD付き … 162
　恋しくて (2013) …………………………… 069

●セレクション：エッセイ
　私たちの隣人、
　　レイモンド・カーヴァー (2009) ……… 182
　私たちがレイモンド・カーヴァーについて
　　語ること (2011) ………………………… 182
　セロニアス・モンクのいた風景 (2014) … 097

Afterword

あとがき
（あるいは、ありあわせのスパゲティーのような僕のつぶやき）

いったいハルキスト（村上主義者）ってなんだろう？ 気がつけば、いつの間にか世界中の村上春樹ファンが、荻窪の小さなブックカフェをめがけてやってくるようになってしまった。今では、名前も「6次元」ではなく、「ムラカミカフェ」と呼ばれている。確かに世界で人気があるのはわかるし、村上さんの小説も好きだった。でも、なんでこんなに追いかけまわされているんだろうか？ 毎日のようにかかってくる取材の電話。ファンからの問い合わせ。テレビや雑誌出演の依頼。こんなはずじゃなかった……。そもそも僕は文学に詳しいわけではない。なのに、みんなが話を聞きたがるのはなぜなんだろうか？

でも、それはそれで興味深い現象だと思うようになった。こんなに文学が盛り上がらない、売れない時代に、いつまでも人気があって、ファンが世界中から押しかけるわけだからきっと何か特別な秘密があるに違いない。ある日、僕は決めた。いっそのこと村上春樹を研究してしまおう。そして、そこから学んだことを、自分の活動のヒントにしよう。そんなことから僕の果てしない「ハルキを巡る冒険」がはじまったのだ。

「6次元」のある場所は、元々は有名なジャズバー「梵天」だった。1974年、村上春樹さんが国分寺に「ピーターキャット」をオープンさせたのと同じ時期に出来た伝説的なお店。その跡地を、オリジナルのまま保存する形で使用している。「梵天」だったころを知っているお客さんには、「村上さんも梵天に来たことがあるんじゃないか？」と言われる。ただ

本当に来ていたかどうかはわからない。

2008年に6次元としてオープンすると、「当時のジャズ文化の名残を残す店」として、村上ファンが読書会を頻繁に行うようになった。そして、ノーベル文学賞の中継もはじまり、自然と世界中からファンが集まってくるようになったのである。僕も、村上春樹さんの文学の世界を紹介する「Exploring Murakami's world」という海外向けのWEBマガジンで、村上さんの文学散歩コースを紹介したり、『さんぽで感じる村上春樹』という本を出版したりした。さらに、地方から村上春樹読書会のゲストに呼ばれるようになった。英語で情報発信をはじめた2015年ごろからは、急激に外国からの村上ファンが増加。多い日は30人以上、世界中から村上ファンがやってくるようになった。村上さんの翻訳者の方々も各国から来るようになり、ハーバード大学名誉教授のジェイ・ルービンさんとも一緒にイベントをやった。

そして、ついにはNHKのEテレではじめて村上さん公認の特別番組「世界が読む村上春樹 ～境界を越える文学～」を制作する時には、担当のディレクターとして番組を演出。NHKラジオ「英語で読む村上春樹」の最終回のゲストとして登場することにもなってしまった。驚くことに、このような活動に興味を持ってくれた人からのお誘いで、大学や専門学校で文学の講師の仕事もするようになり、さらには小説まで出版することになった。やはり、「村上春樹の小説とは、生活の対極としてではなく、生活の一部として存在する」のだ。きっと、読者もそんな風に感じているからこそ、読まずにはいられないに違いない。そんな大きな変化と発見があったのだ。

この『村上春樹語辞典』を制作するにあたり、担当してくれた誠文堂新光社の久保万紀恵さん、美しい装丁に仕上げてくれた川名潤さん、校正の牟田都子さん、村上春樹読書会の皆様、本当にありがとうございました。

ナカムラクニオ

ナカムラクニオ　Kunio Nakamura
1971年東京都生まれ。映像ディレクター、ブックカフェ「6次元」店主。著書に『人が集まる「つなぎ場」のつくり方』（CCCメディアハウス）、『さんぽで感じる村上春樹』（ダイヤモンド社）、『パラレルキャリア』（晶文社）、『金継ぎ手帖』（玄光社）、『猫思考』（ホーム社）などがある。

道前宏子　Hiroko Dozen
1981年神奈川県生まれ。編集者。ブックカフェ「6次元」を運営。絵本雑誌、書籍などの編集に携わる。ナカムラとの共著に村上作品の舞台を案内する『さんぽで感じる村上春樹』（ダイヤモンド社）がある。

文・絵：ナカムラクニオ
編集：道前宏子
デザイン：川名潤
校正：牟田都子

村上春樹にまつわる言葉をイラストと
豆知識でやれやれと読み解く

村上春樹語辞典　NDC914

2018年7月18日　発行
2018年7月25日　第2刷

著　者　　ナカムラクニオ
　　　　　道前宏子

発行者　　小川雄一

発行所　　株式会社誠文堂新光社
　　　　　〒113-0033
　　　　　東京都文京区本郷3-3-11
　　　　　〈編集〉電話：03-5800-3614
　　　　　〈販売〉電話：03-5800-5780
　　　　　http://www.seibundo-shinkosha.net/

印刷・製本　図書印刷株式会社

©2018, Kunio Nakamura, Hiroko Dozen.
Printed in Japan
ISBN978-4-416-61853-0

検印省略　禁・無断転載
落丁・乱丁本はお取り替えいたします。

本書に掲載された記事の著作権は著者に帰属します。これらを無断で使用し、展示・販売・レンタル・講習会等を行うことを禁じます。

本書のコピー、スキャン、デジタル化等の無断複製は、著作権法上での例外を除き禁じられています。本書を代行業者等の第三者に依頼してスキャンやデジタル化することは、たとえ個人や家庭内での利用であっても著作権法上認められません。

JCOPY
〈(社)出版者著作権管理機構　委託出版物〉
本書を無断で複製複写（コピー）することは、著作権法上での例外を除き、禁じられています。本書をコピーされる場合は、そのつど事前に、(社)出版者著作権管理機構（電話 03-3513-6969／FAX 03-3513-6979／e-mail: info@jcopy.or.jp）の許諾を得てください。